Ça alors !

Yak Rivais

Ça alors !

illustré par l'auteur

Neuf
l'école des loisirs
11, rue de Sèvres, Paris 6ᵉ

Yak Rivais est écrivain et peintre. Il a reçu le *Prix de l'Humour Noir* et le *Prix de l'Anti-Conformisme*. Il est aussi instituteur, et c'est pour ses élèves qu'il a inventé ces histoires : ils en sont les héros, il n'a même pas changé les prénoms. Il a dédicacé son livre à Roald Dahl, à Marcel Aymé, et à son ami Pierre Gripari. Son école se trouve à Paris, rue Rollin, à côté de la Contrescarpe, un quartier pittoresque et fameux – vous savez bien, il y a toujours la vieille dame aux pigeons sur la place ! (Un dernier mot : l'école ne s'appelle pas «École Marcel Aymé», comme dans le livre. Mais son directeur assure que ça ne saurait tarder !)

© 1985, l'école des loisirs, Paris
Composition : Sereg, Paris (Bembo 13/15)
Loi n° 49.956 du 16 juillet 1949 sur les publications
destinées à la jeunesse : mars 1985
Dépôt légal : avril 1995
Imprimé en France par Aubin Imprimeur à Ligugé, Poitiers

Je dédie ce livre
à Lewis Carroll,
à Rudyard Kipling,
à Roald Dahl,
à Marcel Aymé,
à Pierre Gripari,
qui surent écrire pour les enfants
sans retomber eux-mêmes en enfance.

Sommaire

L'enfant qui pouvait changer les autres en bêtes
11

L'enfant qui parlait à son chien
23

L'enfant qui marchait au fond des eaux
31

L'enfant qui volait
45

L'enfant qui était partout à la fois
53

La fillette qui creusait des trous dans la terre
64

L'enfant qui ouvrait toutes les portes
77

L'enfant qui renversait les arbres
90

L'enfant qui dévorait les livres
99

Ce que je vais vous raconter s'est passé dans la petite école de la rue Marcel Aymé, à deux pas de la place de la Contrescarpe, à Paris. C'est l'instituteur des enfants dont je vais vous parler qui m'a fait connaître leurs pouvoirs extraordinaires. C'est un homme qui ne ment jamais. D'ailleurs, les instituteurs ne mentent pas, c'est bien connu. Ni les bouchers. Les boulangers. Les charcutiers. Les pharmaciens. Les ingénieurs. Les dentistes. Les électriciens. Les autres. Les parents. Personne. Les adultes ne savent pas mentir.
Et pourtant ! Comme dit la vieille dame qui donne des graines aux pigeons, à côté de l'école, et qui connaît bien les élèves : « Drôles d'enfants ! Drôle de classe ! »

L'enfant
qui pouvait changer les autres
en bêtes

C'est en sortant de l'école, un soir, que Nathanaël comprit qu'il avait un don peu banal. Comme il était poursuivi par Edouard, Guillaume et Sébastien, il se retourna, il se concentra, il se concentra, il se concentra, et *pouf!* Edouard disparut subitement. A sa place, dans la rue, il y avait un chat noir qui miaulait. Guillaume et Sébastien s'immobilisèrent de surprise.

«Edouard! Edouard!» crièrent-ils. «Où es-tu?»

«Miaou! Miaou! (Ici! Je suis ici!)» miaulait le chat noir.

Mais personne ne le comprenait. Les garnements s'éloignèrent dans la petite rue à la recherche d'Edouard.

Le chat les suivait de son mieux, en remorquant son cartable entre ses dents blanches: «Miaou! Miaou! (Attendez-moi!)»

Une dame arriva. Elle tenait en laisse un berger allemand, qui bondit à la vue du chat. Il échappa à sa maîtresse et accourut en aboyant férocement. Les enfants s'étaient retournés. Ils virent le chat sauter sur une poubelle, et de là sur le mur de l'école, où il demeura le poil hérissé. Le chien aboyait au pied du mur. Le cartable était resté au milieu de la rue. Guillaume, qui était revenu sur ses pas en compagnie de Sébastien, le ramassa: «C'est le cartable d'Edouard! Je le reconnais!»

La dame avait rattrapé son chien, et elle l'entraînait. Le chat noir se tenait peureusement sur le mur de l'école. Alors Nathanaël se concentra, se concentra, et *pouf!* Le chat redevint Edouard tout à coup.

« Miaou... je suis là ! » cria-miaula-t-il.

Il était debout sur le mur de l'école. Guillaume et Sébastien l'aidèrent à descendre. Il était encore étourdi, et ne comprenait pas ce qui lui était arrivé: « Qu'est-ce que je faisais sur le mur ? »

« Tu étais devenu un matou ! » disaient Guillaume et Sébastien.

Cela leur donnait envie de rire. Mais Edouard reprit possession de son cartable et courut se réfugier chez lui. Alors, Nathanaël partit de son côté. Il était fier de l'étrange pouvoir qu'il venait de se découvrir. Et justement, une espèce de vilain petit gamin gâté criait en tapant des pieds dans sa poussette, devant lui. La mère le caressait pour l'apaiser.

« Quel braillard ! » pensa Nathanaël. « Il mérite une leçon ! »

Et alors il se concentra, il se concentra, et *pouf!* Voilà que la mère se retrouva en train de caresser une grenouille. Elle poussa un cri d'horreur et recula en sursaut: « Mon bébé ! Où est mon bébé ! »

« Coâââ ! Coâââ ! coassait le gamin. » (Ce qui veut dire: « Je veux des bonbons ! »)

La mère renversa la poussette pour chasser la grenouille dans le ruisseau. Alors Nathanaël se concentra, se concentra, et *pouf!* C'était le gamin bruyant que la mère avait jeté dans le caniveau.

Elle courut le relever avec affolement. Elle se tenait la tête en se demandant ce qui lui arrivait, et courut bien vite chez le psychiatre se faire examiner.

Nathanaël était si content de sa mauvaise plaisanterie qu'il fit une pirouette en l'air, comme un champion de patin à glace:

«Et youpiii!» cria-t-il.

Le lendemain fut un jour mémorable. Voici ce qui se passa à l'école. Alexandre emprunta le cahier de Nathanaël, et y écrivit des sottises. (Disant que Nathanaël était amoureux de Charlotte, ce qui ne le regardait pas.) Puis il reposa le cahier sur la table de son propriétaire. Quand le maître ouvrit le cahier, il appela Nathanaël au bureau:

«Je te signale», dit-il, «qu'*amoureux* prend un x.»

«Je... Ce n'est pas moi qui ai écrit ça!» s'écria Nathanaël tout rouge de honte.

Il comprit ce qui s'était passé en voyant Alexandre ricaner bêtement avec son camarade Clément. Alexandre lui tirait la langue, le narguait. Alors Nathanaël se souvint de son don étrange, et il se concentra, il se concentra, et *pouf!* Alexandre disparut, laissant la place, à côté de Clément, à une chèvre blanche qui se mit à bêler!

«Mééé Mééé Mééé! (Qu'est-ce qui m'arrive?)»

Ce fut un énorme éclat de rire dans la classe. Clément, effrayé, courut se réfugier auprès du bureau de Monsieur Lebois, le maître d'école.

«Qui a introduit cet animal dans la classe?» demanda le maître d'école.

«Mééé Mééé Mééé!» chevrotait désespérément Alexandre, ce qui voulait dire: «Je ne suis pas une chèvre! C'est moi, Alexandre!»

«Mééé Mééé Mééé!» firent joyeusement les élèves pour l'imiter. (Mais cette fois, ça ne voulait rien dire.)

«Sortez cette bête!» dit le maître d'école. «Guillaume, viens m'aider!»

Ils essayèrent de remorquer la chèvre par les cornes. Clément, enhardi, vint à leur aide, ainsi que Sébastien et Michel. Ensemble, ils amenèrent la chèvre bêlante jusqu'à la porte du couloir. Et alors, Nathanaël se concentra, se concentra, et *pouf!* Le maître et les écoliers étaient en train d'expulser le malheureux Alexandre, dont les protestations redevinrent intelligibles, à peu près comme ceci: «Mééé Mééé m... ais c'est moi! Lâchez-moi!»

Stupéfaits, le maître et ses assistants le libérèrent. Ils demeuraient figés comme des statues, sans comprendre.

«Hier soir, c'était déjà comme ça!» dit Guillaume. «On a vu Edouard se transformer en chat!»

Lui et Sébastien racontèrent l'épisode.

«C'est invraisemblable!» déclara le maître en se rasseyant au bureau. «Comment tout cela a-t-il pu se produire?»

«Moi je sais!» dit une petite voix.

C'était celle de Tiphaine la futée, une petite fille très maligne, que tous regardèrent aussitôt.

«J'ai bien vu!» dit Tiphaine. «C'était Alexandre qui avait écrit sur le cahier de Nathanaël. Il se moquait de lui. Nathanaël était en colère. Il faisait comme ça!»

Elle prit la posture de Nathanaël en train de se concentrer, les coudes sur la table, la tête dans les mains, le regard fixe, le visage tout rouge à force de forcer, comme si elle était constipée. Cela fit rire toute la classe.

«Et alors?» demanda le maître d'école.

«Alors», dit Tiphaine la futée, «il était là aussi quand Edouard a été transformé en chat.»

«Et alors?» répéta le maître d'école, qui n'aimait pas voir accuser quelqu'un sans preuve.

«Alors», dit Tiphaine, «c'est lui qui a fait ça!»

Il se fit un silence dans la classe. Tout le monde observait Nathanaël.

Le maître réfléchissait: «Bien», dit-il pour apaiser les esprits. «Si Nathanaël l'a fait, il peut le refaire.» Ce qui était rigoureusement scientifique.

«Peux-tu recommencer, Nathanaël?»

Mais ce fut Alexandre qui se mit à pousser les hauts cris! Il n'avait pas envie de redevenir une biquette!

«Nous n'allons pas t'infliger cette épreuve une seconde fois», le rassura le maître. «Voyons? Y a-t-il un volontaire?»

Grand silence. Personne n'avait envie de se retrouver à quatre pattes, à bêler, miauler, ou grogner!

«Dans ce cas», dit le maître, «ce sera moi. Pourras-tu me transformer, Nathanaël?»

La classe murmura. (Le maître se dévouait parce qu'il ne croyait pas au pouvoir magique de Nathanaël.)

«Je crois que je pourrai», répondit Nathanaël à voix basse.

Mais tout de même! Changer le maître en animal! Il hésitait.

«N'aie pas peur», l'encouragea le maître. «Il s'agit seulement de vérifier.»

Nathanaël se concentra, il se concentra, il se concentra, et *pouf!* A la place du maître, auprès du bureau, un gros cheval pommelé se mit à hennir en faisant trembler les vitres de la classe! Il frappa le plancher du sabot, ce qui eut pour effet de l'éventrer.

«Hiiiiiiii! Hiiiiiiii! (C'est extraordinaire! Mais maintenant, rends-moi ma forme humaine!)»

La classe, qui avait commencé à rire, se taisait, un peu effrayée. En se retournant, le cheval avait accroché le bureau. Pour se dégager, il décocha une ruade, qui défonça le meuble. Tous les élèves du premier rang s'enfuirent au fond de la classe en criant de terreur.

«Hiiiiiiiiiii! Hiiiiiiiiiii! (Oh là là! Les dégâts que je fais!)»

Toute la classe pressait Nathanaël de rappeler le maître dans la classe. Il se concentrait, il se concentrait, mais tout ce monde, qui le harcelait, le perturbait. C'est pourquoi il mit plus longtemps avant de réussir. Enfin, *pouf!* Le cheval disparut, et le maître revint. Les enfants applaudirent son retour avec soulagement.

Le maître, étourdi, observait le parquet et le bureau: «Est-ce moi qui ai fait cela?»

«Oui! Oui!» crièrent les enfants.

«Même que vous nous avez fait drôlement peur!» avoua Guillaume.

Le maître pâlit. Il imaginait le mal qu'il aurait pu faire en se cabrant parmi les enfants.

«Va chercher Monsieur Mercier!» dit-il à Tiphaine la futée.

Monsieur Mercier était le directeur; il vint vite car il avait entendu le vacarme du cheval.

«Est-ce vrai, ce que raconte Tiphaine?» demanda-t-il.

«Hélas oui!» s'écria le maître d'école. «Voyez le bureau! Voyez le plancher! Je leur ai donné un coup de pied!»

«Eh bien», fit le directeur en riant, «avec un pied pareil, on devrait vous engager dans une équipe de football! Sincèrement, je ne peux pas vous croire!»

«Mais c'est la vérité!» protesta le maître.

«Oui! Oui!» s'écrièrent les élèves.

«Ecoutez», dit le directeur en agitant les mains

pour apaiser le chahut. « Raisonnons tranquillement. Y a-t-il jamais eu quelqu'un changé en cheval ou en chèvre dans l'Histoire de France ? Jeanne d'Arc, par exemple ? Ou Napoléon, en girafe? Non, n'est-ce pas? Eh bien, s'il n'y en a jamais eu, on peut raisonnablement supposer qu'il n'y en aura jamais dans l'avenir. Donc vous avez rêvé. Hallucination collective...»

«Transforme-le, Nathanaël!» chuchota son voisin Cédric. «Pour lui montrer!»

«Car ce serait trop facile», poursuivait le directeur, «de croire à ces pratiques magiques! Mais la réalité scientifi... ek-ek-ek-ek-ek-ek!»

Il venait d'être changé en ouistiti et il sautait de table en table en poussant de petits cris aigus: «Ek-ek-ek-ek-ek-ek! (Tout cela est parfaitement impossible!)»

Mais le directeur, en bon singe agile qu'il était devenu, venait de sauter sur la bibliothèque; il bombardait de livres les enfants. Alors Nathanaël se concentra de nouveau, et *pouf!* Monsieur le directeur était perché sur l'armoire, et lançait des livres à la classe...

«Ek-ek-ek-et qu'est-ce que je fais là?»

On le lui expliqua. Il était encore tout ému. Il sortit en titubant et regagna son bureau. Il appela par téléphone un journaliste de la radio qui demeurait à côté de l'école. Il l'amena dans la classe.

«Nous allons procéder par ordre», proposa-t-il. «Nathanaël va faire une démonstration de son talent, pour que Monsieur Bertrand puisse en parler à la radio. Mais attention!» poursuivit-il en levant l'index. «J'exige une démonstration i-noffen-si-ve! Pas de lion! Pas de tigre! Pas de bête féroce!»

Nathanaël baissa la tête: «Je ne veux pas qu'on en parle à la radio», déclara-t-il.

Le journaliste s'approcha de l'enfant: «Réfléchis!» lui dit-il. «Ton pouvoir va intéresser tous les hommes! C'est très important!»

«Je ne veux pas qu'on en parle à la radio.»

Alors le directeur attira le journaliste et l'instituteur à l'écart. Ils se concertèrent à voix basse. Les enfants devinaient qu'ils complotaient une sorte de tromperie. Pour les trois hommes, forcément, l'intérêt de la science et celui de l'information (qui sont des intérêts de grandes personnes) comptaient davantage qu'une parole donnée à un écolier.

«C'est entendu!» annonça enfin le journaliste. «Je n'en parlerai pas à la radio.» (Il pensait le faire à la télévision, ce qui est encore plus grave!)

Alors Nathanaël fit semblant d'accepter cette promesse, et il se concentra, il se concentra, et *pouf!* A la grande joie des enfants, le journaliste devint un corbeau qui croassait en battant des ailes: «Croa croa! (Je vous *croa!* Maintenant libérez-moi!)»

«Non!» dit Nathanaël.

Et il *croasa* les bras. Le corbeau volait dans la classe. Il était irrésistiblement attiré par la fenêtre ouverte. Le maître d'école courut fermer celle-ci, mais trop tard! L'oiseau venait de la franchir!

«Nathanaël! Rappelle-le! Transforme-le!» ordonnait le directeur.

Mais Nathanaël refusait. Il vit le journaliste se poser au sommet du plus haut tilleul de la cour.

«Promettez de ne jamais parler de moi à personne!» lui cria l'enfant.

«Croa croa!» croassa le corbeau. «(C'est juré! Rends-moi mon apparence!)»

Nathanaël se concentra. Le journaliste redevint un homme au sommet de l'arbre. Il fallut une intervention des pompiers pour le descendre. Ils auraient bien aimé savoir ce que cet homme faisait aussi haut perché.

«Je... Je... J'étais monté délivrer un chat!» expliqua le journaliste, en voyant Nathanaël le dévisager d'un air menaçant.

Il rentra chez lui tout troublé raconter sa mésaventure à sa femme. Elle n'en crut rien, bien entendu, mais elle la raconta quand même à sa coiffeuse, qui la répéta aux clientes, qui la répétèrent à leurs amies, qui l'apprirent à toutes les coiffeuses du pays. C'est ainsi que tout le monde apprit (de bouche à oreille) qu'un garçon avait le pouvoir de changer les humains en bête, rue Marcel Aymé. Mais comme ce n'étaient ni le journal, ni la radio, ni la télévision qui l'annonçaient, personne n'y croyait tout à fait.

L'enfant
qui parlait à son chien

Médor était un charmant épagneul au poil roux, mais ce n'était pas un chien ordinaire. Son petit maître et lui se parlaient; les parents ne le comprenaient pas.

«François, mange ta soupe!» disait le père.

«Et mouche ton nez pour dire bonjour à la dame!» jappait le chien en guise de commentaire.

François éclatait de rire. Le père, qui n'avait entendu qu'un jappement banal, lorgnait son fils d'un air perplexe, en se demandant ce qu'il y avait d'amusant à dire à un enfant de manger sa soupe.

«Cesse de rire sans raison!» disait-il. «C'est agaçant!»

«Poil aux dents!» disait le chien. «(Oua-Oua.)»

L'enfant éclatait de rire.

«Bon», dit le père énervé. «Va te coucher sans dessert. Ta mère gardera ta part de gâteau pour demain.»

«Oh! Non!» s'écria l'enfant, qui était gourmand comme tout le monde.

«Laisse tomber!» lui dit le chien pour le consoler. «C'est de la tarte mais elle n'est pas bonne. Ta mère l'a salée au lieu de la sucrer. (Oua-Oua-Oua.)»

«Ah bon», dit l'enfant.

Il s'en fut docilement se coucher après avoir souhaité sans rancune une bonne nuit à ses parents. Le père hochait la tête:

«J'aimerais bien savoir pourquoi ce gosse ricane sans raison!»

La mère lui servit une part de tarte. Le père (qui était aussi gourmand que son fils) mordit dedans un grand coup, et fit une affreuse grimace dégoûtéé :

« Mais ! » s'écria-t-il. « C'est immangeable ! »

La mère goûta la tarte :

« Je comprends », dit-elle. « Elle est salée. Madame Joseph est venue me rendre visite pendant que je faisais le gâteau. Je lui ai demandé de me donner le sucre en poudre ; elle se sera trompée de pot. »

Contrarié, le père passa dans la salle de séjour. D'habitude, il s'asseyait confortablement dans son fauteuil, une canette de bière à la main, et se cultivait en regardant la télévision. Ce soir, il paraissait songeur. Il en oubliait de boire sa bière. Il n'allumait pas la télé. La mère le rejoignit.

« As-tu remarqué », lui demanda le père, « comme François est allé se coucher sans discuter ? Lui si gourmand ? On aurait dit qu'il savait que la tarte était immangeable ! »

« Pourtant », dit la mère, « il était à l'école quand je l'ai faite. »

« N'aurait-il pas pu lui-même intervertir les contenus des pots à sel et à sucre pour te faire une blague ? »

« Je te dis que c'est Madame Joseph. »

« Bizarre », murmura le père.

Il ne put dormir de la nuit. Le lendemain était un dimanche ; il emmena comme tous les dimanches matin l'enfant jouer au football sur le stade. Le chien sautillait et jappait autour d'eux.

«Ton père fait une drôle de tête!» disait le chien. «Il a peut-être avalé sa brosse à dents!»

L'enfant riait. Le père le regardait rire. Il s'arrêta à l'entrée du stade, et se pencha vers son fils:

«Ecoute, François», lui dit-il solennellement. «Je veux en avoir le cœur net. Alors réponds-moi sans détour: comment savais-tu que la tarte n'était pas mangeable?»

«C'est Médor qui me l'a dit», répondit l'enfant.

«Ah», fit le père.

Evidemment, il n'en croyait rien. Souvent, les enfants s'inventent des camarades; François s'en inventait un, animal.

«Et comment l'aurait-il su?» demanda le père perfidement.

François se tourna vers son chien: «Comment le savais-tu?» demanda-t-il.

«Oua-Oua-Oua», jappa le chien. (C'est-à-dire: «Ta mère et Madame Joseph bavardaient tellement qu'elles ont confondu le sucre et le sel.»)

L'enfant transmit la réponse de l'épagneul. Bon, se dit le père. François aura entendu sa mère me donner cette explication hier soir. Mais quand même. Il n'appréciait pas de voir son fils inventer toutes sortes de fadaises. Il faut qu'il apprenne la réalité! pensait-il. Il faut lui prouver que les chiens ne parlent pas!

«Ecoute-moi, François», déclara-t-il après un

assez long silence. «Veux-tu que nous fassions ensemble une petite expérience?»

«Méfie-toi!» dit le chien.

«Je veux bien», répondit l'enfant.

«Tu vas entrer dans les vestiaires te mettre en tenue de sport. Pendant ce temps, je cacherai mon briquet quelque part. Tu n'auras qu'à demander à Médor où je l'ai caché quand tu reviendras. C'est d'accord?»

«D'accord, papa!»

L'enfant disparut joyeusement dans le vestiaire. Le père alors tira le briquet de sa poche de veste, le fit passer sous le museau du chien comme pour le narguer, et le cacha finalement dans une poche de son pantalon. L'enfant revint bientôt.

«Bon», dit le père. «Demande à ton chien de te dire où j'ai caché le briquet! Et s'il est incapable de le dire, ça prouvera qu'il ne parle pas, et que tu m'as raconté des histoires!»

«D'accord», dit François.

Puis il se tourna vers le chien: «Où l'a-t-il caché?» demanda-t-il.

«Oua-Oua-Oua», répondit l'épagneul.

«Alors?» fit le père sur un ton de défi.

«Il dit que tu l'as mis dans la poche de ton pantalon», dit l'enfant.

Puis il planta là son père éberlué, et s'en fut jouer au football sur la pelouse avec des camarades qui s'y trouvaient déjà: Simon, Alexandre et Thierry.

«C'est im-impossible», bredouillait le père. «Un chien ne parle pas! Est-ce que tu sais parler, Médor?»

«Oua. (Oui.)»

«Et si tu parles, pourquoi mon fils comprend-il ce que moi je ne peux pas comprendre?»

«Oua-Oua. (Parce que c'est un enfant.)»

«Ecoute», dit le père qui ne comprenait toujours rien aux jappements malicieux de l'épagneul. «On va tenter une expérience.»

«Encore une?» fit le chien. «(Oua-Oua.)»

«Tu vas rejoindre François sur la pelouse, et tu lui ordonneras de s'asseoir dans l'herbe, les bras croisés. On verra si tu es réellement capable de transmettre un message!»

Le chien s'élança sur la pelouse. Un moment, il joua autour des jeunes footballeurs. Puis il aborda son petit maître, et bientôt, le père vit son fils s'asseoir sur la pelouse, bras croisés. Le père poussa un long gémissement, malgré lui.

«Qu'est-ce qui t'arrive, Armand?» dit quelqu'un. «Tu es malade?»

C'était un père d'enfant qui arrivait, avec trois autres pères. Leurs enfants coururent retrouver les joueurs sur la pelouse.

«C'est affreux!» gémit le père de François. «Médor parle!»

Les pères éclatèrent de rire tous ensemble. Le père de François leur narra l'épisode du gâteau, l'épisode du briquet, l'épisode des bras croisés.

Les pères riaient: «Pour le gâteau, le gamin aura entendu ta femme!»

«Pour le briquet, il t'aura espionné depuis une lucarne du vestiaire!»

«Pour les bras croisés, quoi de plus naturel qu'un enfant s'asseye bras croisés sur une pelouse! Regarde-les! Ils sont tous assis en rond à jouer avec ton chien!»

En effet, là-bas, les enfants étaient assis dans le rond central du terrain, et le chien leur tenait gravement un discours:

«Regardez vos pères!» disait-il. «Ils ne veulent pas croire que je parle!»

«Pourquoi?» demanda Thierry.

«Parce que ce sont des pères», répondit le chien.

«Ils ne sont pas *marrants*», dit Simon.

«Vous serez comme eux quand vous serez grands», prononça le chien, fataliste. «Vous non plus ne me comprendrez plus. Alors il faudra vous rappeler que vous me compreniez quand vous étiez petits, et être indulgents avec vos enfants quand ils prétendront qu'ils me comprennent.»

«Oui! Oui!» promirent les enfants.

(Mais le chien savait bien qu'ils ne tiendraient pas cette promesse. Combien de parents l'avaient faite avant eux, à leur âge, et n'avaient jamais su la tenir, plus tard?)

Les enfants se remirent à jouer. Puis le père

siffla le chien. Réconforté par ses amis, ils allaient tous ensemble boire un apéritif au bar, près du stade.

«Bon», dit le chien à François, «il faut que j'y aille. Au fond, ton père m'aime bien lui aussi, même s'il ne comprend pas ce que je lui dis.»

Il accourut. Le père le caressa. Les autres pères le caressèrent également.

«Vous allez voir comme ce chien est malin!» dit le père de François.

Il jeta au loin une balle de mousse: «Médor! Va chercher la baballe!»

Assis sur son train de derrière, le chien regardait tour à tour et d'un air penché la *baballe* et le père de François:

«Oua-Oua-Oua», dit-il. (Ce qui voulait dire: «C'est vraiment un jeu imbécile, mais je suppose que je dois faire semblant de jouer pour vous faire plaisir?»)

Et alors il courut après la *baballe* et la rapporta. Dans ses jolis yeux verts brillait une lueur de malice. Le père caressa la tête de l'épagneul avec satisfaction, tandis que les hommes se dirigeaient ensemble vers le bar:

«Bonne bête!» disait-il. «Bonne bête!»

Le chien lui léchait la main en jappant: «Oua-Oua. (Toi aussi!)»

L'enfant
qui marchait au fond
des eaux

Un jour qu'ils pique-niquaient tous trois au bord de la rivière, le père de Mathieu s'endormit. Sa mère, qui ne le perdait pourtant jamais de vue (Mathieu, ne fais pas ça, c'est dangereux! Ne cours pas, tu pourrais te faire mal! Ne saute pas! Ne joue pas! Ne bouge pas! Etc.), sa mère, donc, pour une fois l'oublia, et se mit à faire des mots croisés. Mathieu s'approcha de la rivière.

Elle n'était pas large et coulait doucement au soleil. Des libellules et des agrions volaient au-dessus des roseaux comme des fléchettes bourdonnantes. Mathieu s'assit au bord de l'eau, dans laquelle il trempa ses pieds nus. Il y plongea la main pour essayer de capturer les vairons, mais ceux-ci filaient entre ses doigts.

Alors Mathieu descendit dans l'eau de la rivière. Il s'éloigna du bord. Bientôt, il eut de l'eau jusqu'aux épaules. Il se passionnait tellement pour les petits poissons qu'il ne se rendit même pas compte qu'il était *entièrement* immergé. Et il continua d'avancer.

Comme d'autres enfants joyeux chassent les papillons dans les prés, Mathieu chassait les papillons d'eau douce, qui s'appelaient gardons, perches, goujons, tanches nerveuses, carpes tranquilles, brochets inquiétants. L'enfant se déplaçait sans se presser au milieu des herbes mouvantes. Ses vêtements flottaient bizarrement autour de lui.

On trouve des tas de choses au fond de l'eau:

un vélo rouillé, un vieux pneu, une barque éventrée. Mathieu trouva un godillot, qu'il accrocha facétieusement à l'hameçon de la ligne d'un pêcheur. Il s'amusa de voir le godillot monter soudain vers la surface et sortir de l'eau, car il imaginait la déconvenue du pêcheur.

Et en effet, le godillot retomba bien vite au fond de l'eau, rejeté rageusement par le pêcheur. Mathieu riait. Et il lui semblait que les petits poissons agitaient plus vivement leurs nageoires, ce qui est, comme chacun sait, une manière d'applaudir chez les animaux aquatiques.

Bientôt, le lit de la rivière remonta en pente douce. L'enfant émergea. Il se trouvait sur l'autre rive. Il était un peu las, et trempé. C'est pourquoi il s'étendit au soleil pour se sécher dans l'herbe. Il ne tarda pas à dormir.

Tout à coup, le père de Mathieu s'éveilla. Il s'étira. Il vit son épouse occupée à ses mots croisés, et demanda en bâillant (ce qui n'est pas très distingué) : «Où est donc Mâââââââââââthieu?»

«Il joue», répondit la mère de Mathieu.

Et elle leva le nez de sur son album, et poussa un grand cri: «Mathieu!»

Mathieu n'était plus là. Les parents, affolés, se mirent à trotter en tous sens, à courir, à gesticuler. Ils cherchaient leur fils derrière tous les saules de la rive (et même à l'intérieur des troncs creux), derrière les grosses pierres, dans les trous des fossés. Ils se disputaient, l'un accusant l'autre de ne pas avoir surveillé l'enfant, l'autre accusant l'un de s'être endormi comme un paresseux, l'un accusant l'autre de perdre son temps à faire des mots croisés stupides, l'autre accusant l'un de ne rien faire, et gnin-gnin-gnin et gnin-gnin-gnin. Les parents de Mathieu se disputaient souvent. Les pêcheurs, indignés, leur crièrent de se taire, ou d'aller se quereller ailleurs.

«Nous avons perdu notre enfant!» s'écriaient le père et la mère pour leur expliquer.

«Taisez-vous! Adressez-vous aux objets trouvés!» répliquaient les pêcheurs.

Tous ces cris réveillèrent Mathieu. D'abord, il ne comprit pas ce qui se passait. Un grillon insolent le regardait sous le nez, juché au sommet d'une marguerite. Puis Mathieu se souleva dans l'herbe. Il vit, de l'autre côté de la rivière, son père et sa mère en querelle, et quelques pêcheurs énervés. «Il vaut mieux rentrer», pensa-t-il.

Il se remit à l'eau, et marcha rapidement au fond de la rivière en sens inverse, sans prendre le temps de rire avec les poissons, si bien qu'il reparut vite sur l'autre berge.

«Le voilà, votre chenapan!» s'exclama un pêcheur en le voyant revenir, ruisselant.

Les parents accoururent. La mère se jeta sur son petit garçon qu'elle serra contre elle en pleurant nerveusement. Mais cela ne déplaisait pas à Mathieu, car son père, nettement moins caressant, voulait lui donner une fessée. Il tournait furieusement autour d'eux. Il criait en cherchant à capturer l'enfant que la mère protégeait de son corps. Les parents se disputaient encore.

«Comment es-tu tombé à l'eau?» exigeait de savoir le père.

«Je ne suis pas tombé!» protestait Mathieu.

«Laisse-le tranquille!» s'écriait la mère en défendant son rejeton comme une poule défend son poussin. «Mon mignonnet! Mon coco! Mon roudoudou!»

«Rentrons!» décida le père, lassé de ne pouvoir attraper son fils.

Dans l'auto, ce fut encore pire. Tandis que sa maman le changeait sur la banquette arrière comme un gros bébé (sa mère n'avait jamais admis qu'il vieillissait), Mathieu essaya de s'expliquer. De dire qu'il était allé en promenade.

«Au fond de l'eau!» s'écriait le père en colère. «Il se moque de nous!»

«Laisse-le!» ripostait la mère. «Mon petit chou! Mon biquet! Mon loulou!»

Et le père se retournait pour gronder l'enfant, et la mère hurlait à cause de la circulation: «Ton volant! Regarde devant toi! Attention!»

Et de nouveau, ils se disputaient. Ils habitaient un vieil immeuble gris, où tout le monde se connaissait. En quelques minutes, on apprit que Mathieu avait failli se noyer, et que c'était un miracle qu'il fût encore de ce monde.

Mathieu, lui, ne disait rien. Les gens lui distribuaient des friandises, ce qui était plus plaisant que la fessée promise par son père.

On ne remit plus les pieds à la rivière. Les parents avaient eu trop peur. «Nous y retournerons quand Mathieu nagera comme un dauphin!» disait le père. «Et même mieux qu'un dauphin!» ajoutait la mère. Pour une fois, ils étaient d'accord.

A l'école, on emmena Mathieu apprendre à nager. Mais les enfants restaient dans le petit bassin de la piscine, là où ils avaient pied. Et Mathieu, sans savoir nager, regardait le grand bain avec envie. Un jour, il échappa au maître-nageur, et descendit l'échelle du grand bassin.

Le maître-nageur comptait les élèves: «... 26, 27, 28, 29... Il en manque un. Qui est-ce qui manque?»

«C'est Mathieu!» lui dit Valérie.

«Où est-il?»

«Il est parti par là», dit Amjad.

L'enfant désignait le grand bassin. La maître-nageur y courut, et poussa un affreux juron. (Cela non plus n'est guère distingué!)

«Nom de dieu!»

(Il aggrava d'ailleurs son cas, en le répétant plusieurs fois.)

«Il s'est noyé!»

Les enfants accouraient. On voyait Mathieu au fond de l'eau, mais pas clairement, à cause des mouvements de l'eau. Sans même prendre le temps d'ôter son chandail, le maître-nageur plongea dans le grand bain. Il arriva tout de suite auprès de Mathieu, et voulut le prendre aux aisselles pour le soulever. Mais soudain, il vit le petit *noyé* qui le dévisageait en riant, nez à nez. Et même! Le *noyé* lui fit un petit signe amical de la main. Le maître-nageur en fut si surpris qu'il oublia de retenir son souffle et but une bonne tasse. Il fut forcé de remonter, vite fait, à la surface, tandis que le *noyé* continuait de marcher sous les eaux. Les enfants de la classe, groupés debout au bout du bassin, restaient muets de stupeur. On aurait entendu nager un poisson rouge, s'il y en avait eu dans le bassin.

«Il marche au fond de l'eau!» chuchota Sébastien.

Le maître-nageur s'apprêtait à replonger, lorsqu'il vit Mathieu se diriger vers l'échelle de sortie, à l'extrémité opposée du bassin.

«Il ressort! Il ressort!» crièrent les enfants.

Ce fut un beau charivari! Toute la classe acclamait Mathieu. On le porta en triomphe jusqu'aux douches.

«Je vais tout de même écrire à tes parents!» décida le maître-nageur, un peu vexé.

C'est ainsi que les parents connurent la nouvelle. C'est incroyable! dirent-ils, en se grattant l'occiput. Puis ils se disputèrent comme deux clochards qui auraient trouvé ensemble une pièce de dix francs. L'un prétendait que c'était la faute à l'autre si l'enfant n'était pas normal, l'autre que c'était la faute à l'un, et gnin-gnin-gnin et gnin-gnin-gnin! Des cris! Des cris! Mathieu s'enferma dans sa chambre, et ne tarda pas à s'endormir. On lui interdit la piscine.

A quelque temps de là, les parents ne s'entendirent plus du tout. Le père menaçait de s'en aller. Un soir, en rentrant de l'école, Mathieu trouva sa mère en larmes, toute seule dans l'appartement. Elle l'attira contre elle et l'embrassa: «Mon poupon, mon bijou, mon poussinet!» (J'en passe.)

«Où est papa?» demanda Mathieu.

La mère pleura de plus belle. Ses sanglots ressemblaient aux meuglements des vaches. Elle balbutiait. Elle avait le hoquet. A la fin, l'enfant comprit que son père, qui était technicien, venait de partir en stage professionnel aux Etats-Unis, et qu'il ne reviendrait pas à la maison à son retour.

«Bon», dit l'enfant. «Ne pleure pas. Les Etats-Unis, je sais où c'est.»

La mère n'avait plus envie de rien faire, si bien que Mathieu prépara le dîner, qu'il prit seul, car sa mère n'avait même pas faim. Elle se mit au lit avec la migraine, et Mathieu alla la border. (D'habitude, c'était le contraire.)

«Ne pleure pas», lui dit Mathieu pour la consoler. «Je vais le ramener.»

«Tu n'oublieras pas d'éteindre la lumière», rappela la mère, qui n'accordait point d'attention aux paroles de son fils.

Elle s'endormit immédiatement. Alors Mathieu

prit son sac à dos dans le placard. Il le bourra de gâteaux car le voyage risquait d'être plus long que la traversée d'une rivière. Il se munit même d'une lampe de poche, et d'une carte du monde arrachée dans le dictionnaire. Puis il écrivit un petit message pour sa mère, non sans fautes d'orthographe:

chère maman (Il ignorait, semble-t-il, l'usage des majuscules et de la ponctuation.)

ne pleure pas je vé cherché papa en améric je sé comment on y va car le mètre a dit à l'école que c'été en face de la vendé et qu'il suffizé de traversé l'osséan

je tenbrasse

mathieu (Son prénom, au moins, il savait l'écrire!)

Il posa le message sur la table et partit. (Il eut soin d'éteindre la lumière.) Il prit le train jusqu'en Vendée. Les vacances étaient terminées, et il n'y avait personne sur la plage, à part un vieux gardien qui brûlait des déchets.

«Holà! Garçon! Où vas-tu?» demanda-t-il.

«Bonjour Monsieur. Je vais en Amérique.»

«Ah bon», répondit le gardien sans en croire un mot.

Il reprit son travail. L'enfant découvrit l'océan: c'était une immensité bleue et blanche, avec des vagues, et cela faisait beaucoup de bruit.

«Bon», se dit l'enfant à voix haute. «L'Amérique, c'est tout droit en face.»

Il entra dans l'eau. Les pieds. Les genoux. La taille. A ce moment, le gardien releva la tête et le vit, avec son petit sac à dos. Il se frotta vigoureusement les yeux en se demandant s'il rêvait. Il appela: «Reviens! Reviens! Qu'est-ce que tu fais?»

«Je vais chercher papa!»

L'homme se mit à courir vers l'océan. Mais il était bien vieux et la plage était vaste, et quand il fut entré dans l'eau jusqu'à la taille à son tour, Mathieu avait disparu droit devant lui. Le gardien l'appela. Peine perdue. Seules les mouettes répondaient en jetant leurs cris moqueurs. L'homme revint au commissariat de police en courant.

Mathieu, pendant ce temps, marchait à grandes enjambées. Sous la mer, le spectacle était plus féerique qu'au fond de la petite rivière. Les poissons étaient plus nombreux, plus variés; ils évoluaient parmi les algues longues aux feuilles dentelées. Au sol, on voyait des coquillages bizarres, des crabes qui fuyaient de travers, des langoustes qui coûtaient si cher dans les restaurants. Des méduses flottaient entre deux eaux comme des fleurs fantastiques, avec de gentils hippocampes. Au début, en levant la tête, Mathieu voyait le ciel à travers la mer. Mais bientôt, il ne le vit plus. Seule une lueur plus claire rappelait l'existence du jour et du monde des humains. Parfois, une grande ombre y passait avec un ronronnement de moteur: c'était une coque de cargo. Une fois, mais plus tard, quand il fut descendu au cœur de l'océan, Mathieu aperçut un grand sous-marin qui rôdait. Il lui fit des gestes d'amitié, mais sans doute on ne le vit pas, car personne ne lui répondit.

Il faisait de plus en plus sombre au fur et à mesure que l'enfant s'enfonçait dans l'abîme. J'ai bien fait de prendre une lampe de poche, pensa-t-il en allumant celle-ci. Devant lui, des bancs de poissons fuyaient sur les coteaux et dans les vallées tapissées de varech, entre des épaves de bateaux. Mathieu allait, allait.

Il arriva au pied d'une infranchissable montagne aux parois verticales et gluantes. En levant la tête, il ne parvenait même pas à en voir le sommet! Il fallait contourner l'obstacle, et surtout ne pas s'égarer en le faisant. (Imaginez qu'il soit arrivé en Afrique ou au Groenland!) Mathieu s'assit pour réfléchir, et tira sa carte de son sac. Pauvre carte en papier! Tout de suite elle s'effrita! Mathieu se retrouva les mains vides, et ne sachant plus où aller.

Alors il revint sur ses pas. (D'ailleurs sa provision de biscuits s'épuisait.) Il était parti depuis vingt-sept jours quand il arriva au pied de son immeuble, rue Marcel Aymé, à côté de l'école. Il faisait nuit. Des lumières bleutées brillaient aux fenêtres, car tout le monde regardait la télévision. Sauf chez lui.

Mathieu monta l'escalier. L'enfant était encore mouillé et laissait des flaques sur les marches, avec des crevettes dedans. Je vais me faire tirer les oreilles par le concierge, pensa-t-il. Il poussa doucement la porte d'entrée de l'appartement, et marcha dans le couloir, sans bruit car il voulait se changer avant de revoir sa mère. Mais il n'entendit pas *sa* mère. Non. Il entendit *ses* parents. Oui. Les deux. Qui pleuraient sans se disputer.

Le père était de retour, fou d'angoisse à l'annonce de la disparition de son fils. Il était assis dans le canapé, et il consolait la mère de son mieux. C'était un triste spectacle. Ils avaient trempé tant de mouchoirs à pleurer ensemble qu'auprès du tas Mathieu se sentait à peine plus humide.

Bon, se dit Mathieu, j'ai bien fait de rentrer. Je n'aurais pas trouvé mon père aux Etats-Unis, puisqu'il est revenu!

Il entra. Je vous laisse imaginer le bonheur des malheureux parents! Tous deux riaient, pleuraient (de joie, cette fois), s'embrassaient, embrassaient l'enfant retrouvé! Les voisins accoururent se joindre à la fête. On déboucha le champagne. On dansa. La télévision vint, car c'était un grand événement. (Elle vient si souvent pour des petits!)

Les parents se réconcilièrent, car ils avaient trop peur que Mathieu reparte en expédition s'ils se séparaient de nouveau. Et de fait, il ne marcha plus sous les eaux.

Sauf une fois. Au bord de la mer, quand il était devenu jeune homme: il vit une jolie petite sirène, et comme il ne savait toujours pas nager puisqu'on lui interdisait la piscine, il courut sous l'eau derrière elle pour lui demander son numéro de téléphone, son nom, et tout et tout et bla-bla-bla je

vous aime, si elle voulait bien être sa femme.
(Mais c'est une autre aventure, que je vous raconterai peut-être un jour quand vous aurez grandi. Revenez me voir dans dix ans!)

L'enfant
qui volait

45

Ce qui surprit le plus Cédric en s'éveillant fut une sensation de légèreté. Il ouvrit les yeux et vit sa chambre sous un angle tout à fait nouveau : il était tout près du plafond. Au moment où il s'étonnait de cette bizarrerie, il tomba lourdement sur son lit.

Mais le lendemain, au réveil, la même impression de flotter le reprit. Son corps ne pesait plus, les gestes ne demandaient plus aucun effort. Cédric étendit la main et toucha le plafonnier. En souriant, il ouvrit les yeux... et tomba soudain sur son lit. Il s'y assit, donna de la lumière... et fut tout surpris de voir la lumière se promener sur les quatre murs de sa chambre : c'est qu'au plafond le plafonnier se balançait encore. Il n'avait pas rêvé.

Le lendemain était mercredi. Ce jour-là, d'habitude, Cédric restait seul, et il s'éveillait assez tard. Mais ce mercredi n'était pas un jour comme les autres. Cédric se remit à flotter. Il se trouvait tout contre le plafond (et d'ailleurs, sa première idée fut qu'il était sur le plancher), à la manière d'un ballon d'hydrogène. Ce demi-sommeil était agréable. Cédric étendit la main, toucha le plafond, et se poussa tout entier en avant. Il partit comme un dirigeable en direction du mur, et là, ramenant ses jambes sous lui comme un nageur dans une piscine, il fit un demi-tour gracieux sur lui-même, et repartit en sens inverse. Il traversa la chambre, prit contact avec le mur opposé, se propulsa vers le sol, remonta vers le plafond, tourna autour du plafonnier. Puis il retraversa sa chambre à mi-hauteur, et se mit à nager vers le couloir, qu'il parcourut sur toute sa longueur. Il déboucha dans la salle à manger, entre les meubles. Bienheureux, il riait, se faufilait entre les pieds de la table. Il reprit le chemin de sa chambre, et s'immobilisa au-dessus de son lit, à plat ventre, attendant la chute. Mais la chute ne se produisit pas.

Cédric flottait. Tout à fait éveillé maintenant, il voulut se lever. Mais il avait mal calculé l'effort pour accomplir ce geste bien ordinaire, et surtout, il avait oublié qu'il échappait aux lois de la pesanteur, si bien que l'élan qu'il prit l'entraîna vers le haut plus rapidement que prévu. Il heurta le plafond des épaules, rebondit, roula jusqu'au sol. Il dut s'accrocher au lit pour se stabiliser.

L'incident l'amusa. Il se voyait devenir une sorte de ballon léger, qui volerait au-dessus des montagnes. Mais lorsqu'il tenta de marcher, impossible! Au premier lancement de jambe en avant, tout son corps suivit le mouvement vers le haut, et Cédric pirouetta, heureusement sans dommage pour lui. Il se releva, se cramponna des deux mains à son petit bureau. Il s'efforça de marcher en allongeant précautionneusement une jambe, puis en ramenant l'autre, et ainsi de suite. Il parvint à se déplacer. Mais il ne pouvait pas envisager d'aller de cette manière à l'école!

Il lui vint l'idée de s'alourdir.

A ce moment, le téléphone sonna. C'était la maman de Cédric qui voulait se rassurer sur l'état de santé de son garçon. Il décrocha le combiné. «Je vais bien!» dit-il. «Je me sens bien. Parfaitement bien!»

Mais le téléphone ne fonctionnait sans doute pas bien, car sa mère lui fit répéter ce qu'il disait plusieurs fois avant de le comprendre.

Il se dirigea vers la cuisine en voletant. Il ouvrit la porte du réfrigérateur sans même poser pied à terre. Il sortit la bouteille de lait, et sans réfléchir, il versa le lait froid dans son bol. (D'ordinaire, il le faisait bouillir dans une casserole!) Il but le lait froid aussitôt, lui qui le détestait d'habitude. Et il le trouva délicieux! Ce jour était le jour des changements!

Il donna des graines à ses canaris. Par jeu, il fit mine de leur prendre leurs graines, et, sans y penser, il les porta à sa bouche. Il leur trouva bon goût. Il en avala une poignée.

Puis il retourna s'habiller, ce qui ne fut pas facile. Pour rester debout, il bourra ses poches (toutes ses poches, et même les doublures!) de cailloux de sa collection, de billes d'acier, de poids de la balance de cuisine de sa mère. Il entoura ses plus gros brodequins de fils de fer, auxquels il suspendit des marteaux de son père et des pinces. Les pieds posés au sol, enfin, il constata qu'il pouvait évoluer à la manière d'un scaphandrier au fond de la mer, d'une démarche cahotante. Il devait constamment se surveiller pour éviter de sauter.

Le téléphone sonna de nouveau. La maman de Cédric se faisait du souci à cause de la voix de son enfant. Il s'efforça de la rassurer, mais sa mère avait beaucoup de mal à le comprendre.

«Parle plus fort!» lui demandait-elle.

Pourtant, il criait: «Je me sens mieux! Je vais me lever!»

Mais sa mère s'inquiétait: «Recouche-toi, mon chéri! J'appelle le médecin!»

Cédric protestait: «Ça ne sert à rien, maman! Je suis en bonne santé!»

Mais sa mère ne voulait pas le croire: «Mon chéri! La voix que tu as!»

Il était un peu agacé.

Il ouvrit la fenêtre de l'appartement, et reçut une gifle d'air pur. Ah! L'air pur! Jamais il ne l'avait tant désiré! Comme un formidable besoin de se jeter par la fenêtre! Il faisait un temps splendide. Le ciel s'étendait sans nuages au-dessus de la place de la Contrescarpe. Cédric fut pris de l'envie de se dévêtir et de plonger tout nu par la fenêtre. Affolé, sur le point de céder au vertige, il eut pourtant la force de refermer la fenêtre précipitamment pour ne pas le faire. Il appuya son front brûlant contre la vitre froide. Que se passait-il donc?

Cédric revint dans la cuisine boire un second bol de lait, et croquer des graines pour oiseaux.

La sonnerie de l'entrée le fit sursauter! Le docteur! Sa maman l'avait donc appelé! Etouffant un petit cri apeuré, Cédric se jeta dans le couloir vers sa chambre! Vite! Se coucher! Avoir l'air malade pour que le docteur ne remarque rien! Il se déshabilla (difficilement, car le moindre geste le projetait à travers la chambre), enfila son pyjama, et se fourra au lit. Il tira le drap et la couverture sur lui jusqu'aux yeux.

Il était temps! Le médecin et une voisine venaient d'entrer. (C'était la vieille dame qui donnait des graines aux pigeons de la rue, à côté de l'école.)

«Cédric!» appela la vieille dame en approchant dans le couloir. «Ça ne va pas, mon garçon?»

«As-tu de la température?» demanda le médecin en prenant le poignet de Cédric. «Madame?» demanda-t-il encore, mais cette fois il parlait à la vieille dame, «voudriez-vous ouvrir la fenêtre, s'il vous plaît? L'odeur de cette chambre est intenable!»

«C'est vrai», approuva la vieille dame. «On se croirait dans une volière du zoo!»

«Non! Non! N'ouvrez pas la fenêtre!» essaya de leur crier Cédric, avec un geste brusque qui le souleva presque hors de son lit.

Mais le médecin le retenait. Il hocha la tête: «Sursauts nerveux!» dit-il. «Ouvre la bouche, mon garçon. Tire la langue! Répète après moi: trente-trois, trente-trois, trente-trois...»

Mais au même instant, la vieille dame ouvrit la fenêtre en grand. Le chaud et bon soleil s'engouffra dans la chambre avec l'air pur. Cédric se dressa irrésistiblement sur son lit, et, poussant des cris aigus au lieu de répéter «trente-trois», il s'élança comme Superman à travers la fenêtre. Il s'éleva au-dessus des arbres de la place, et monta dans l'espace. Heureux, il s'y roulait, flottait, pivotait en poussant des petits cris, plongeait, faisait des galipettes, planait au gré de la brise légère. Il battait des bras, piquait vers les toits, contournait la coupole du Panthéon, s'éloignait vers la Seine toute proche et vers Notre-Dame de Paris. En volant, il s'était débarrassé de son pyjama, qui le gênait, et les deux morceaux de flanelle retombaient en voltigeant comme des cerfs-volants désemparés. Cédric chantait comme l'alouette matinale au soleil.

Le médecin et la vieille dame aux pigeons se tenaient serrés près de la fenêtre ouverte. Apeurés, ils regardaient le ciel clair où l'enfant s'était envolé.

«Vous avez vu? Vous avez vu?» répétait la vieille dame à voix basse.

«Il volait!» s'exclamait le médecin.

«Et ce cri qu'il poussait! Vous avez entendu?»

«C'était un cri d'oiseau», confirma le docteur.

«Pauvre enfant!» soupirait la vieille dame. «Vous croyez qu'il est heureux comme ça?»

«Je ne sais pas», murmura le docteur. «Il y a si

longtemps que les hommes rêvent de voler! Icare, le premier, prit un jour son vol vers le soleil...»
Il soupira, sans cesser de regarder le ciel: «Pourvu que Cédric ne retombe jamais!»

L'enfant
qui était partout
à la fois

Un matin, Julie eut envie d'aller jouer au Jardin des Plantes. Comme elle ne voulait pas manquer l'école, elle y alla également. Mais oui! Vous avez compris: *en même temps.* Elle se partagea en deux.

Les deux Julie d'ailleurs se ressemblaient à s'y tromper. Vous n'auriez pas pu dire que l'une était vraie ou l'autre fausse. Simplement, Julie numéro *un* s'assit à sa table de classe et se mit au travail, tandis que Julie numéro *deux* trottait joyeusement dans les allées fleuries du Jardin des Plantes.

Julie numéro *un* récita une poésie, fit de l'écriture et une dictée, et de la grammaire. Julie numéro *deux*, qui s'ennuyait un peu toute seule, observa les ours de la ménagerie du Jardin. C'est alors qu'un gardien s'approcha de la fillette:

«Bonjour», lui dit-il. «Qu'est-ce que tu fais ici? Pourquoi n'es-tu pas à l'école?»

«Quand deux verbes se suivent, le deuxième s'écrit à l'infinitif», lui répondit Julie.

Cette réponse ne voulait rien dire. Mais il faut que je vous explique. Julie numéro *deux* fit cette réponse au gardien *parce que* Julie numéro *un*, en classe, venait d'être interrogée par le maître. Les deux Julie disaient la même chose en même temps, mais dans deux endroits différents. (Ça ne simplifie pas les choses!)

C'est pourquoi Julie numéro *deux*, se rendant compte qu'elle venait de répondre bizarrement au gardien, voulut lui répondre sérieusement.

Elle lui déclara: «Je me promène parce qu'il fait beau. Je n'avais pas envie d'aller à l'école.»

Mais elle fit cette remarque à l'école en même temps, si bien que le maître l'entendit. Il en fut surpris. D'abord parce qu'il n'avait rien demandé de la sorte à Julie. Ensuite parce que la remarque était déplaisante.

«Moi non plus», fit-il observer à la fillette, «je n'avais guère envie de venir travailler. Mais je travaille tout de même... Alors, fais-en autant.»

Julie s'apprêtait à se défendre; mais, au Jardin des Plantes, le gardien venait de répéter sa question précédente: «Qu'est-ce que tu fais là?»

Il fut bien étonné d'entendre la fillette lui répondre: «Mais je travaille!» (C'était en réalité Julie numéro *un* qui parlait.)

«Ah?» dit le gardien. «Tes parents savent-ils que tu fais l'école buissonnière?»

«Je travaille! Je fais un exercice de grammaire!»

«En contemplant les ours?» dit le gardien d'un air sceptique.

«Mais non!» s'écria Julie. «Je ne regarde pas les ours! Je regarde mon cahier!»

Du coup, ni le maître ni le gardien ne comprenaient plus rien.

«Qu'est-ce que c'est que cette histoire d'ours?» se demandait le maître.

«Qu'est-ce que c'est que cette histoire de cahier?» se demandait le gardien.

«C'est simple», expliqua Julie au gardien. «Je suis en ce moment à l'école.»

«Comment cela?» dit le gardien. «Comment peux-tu être à l'école, puisque tu es au Jardin des Plantes!»

«Je le vois bien, que tu es à l'école!» dit le maître de son côté en croyant que c'était à lui que Julie parlait.

La classe se mit à rire. Julie ne savait pas s'expliquer: «C'est», dit-elle avec embarras, «parce qu'une moitié de moi est en classe, et l'autre au Jardin des Plantes.»

«C'est comme Guillaume», fit observer Amjad avec ironie. «Quand il est en classe et pourtant en même temps *dans la lune!*»

La classe éclata de rire. Julie était un peu vexée. Elle se remit au travail. Mais hélas, le gardien du Jardin des Plantes venait de prendre la main de Julie numéro *deux*:

«Je vais te raccompagner», lui dit-il. «Où se trouve ton école?»

«Lâchez-moi!» s'écria Julie. «Lâchez-moi!»

Toute la classe l'entendit. Les élèves se retournèrent, et la virent qui se débattait toute seule à sa table, comme pour échapper à quelqu'un. Mais personne ne la tenait; sa voisine, Sandra, ne la touchait même pas.

«Donne-moi l'adresse de ton école!» exigeait le gardien pendant ce temps, au Jardin des Plantes.

«Rue Marcel Aymé!» cria Julie.

La classe, entendant Julie crier l'adresse de l'école, éclata de rire.

«Comment s'appelle ton maître?» exigeait encore le gardien du Jardin des Plantes.

«Monsieur Lebois!»

La classe éclata de rire bruyamment. Le maître s'approcha, et posa sa main sur le front de Julie pour voir si par hasard elle n'avait pas la fièvre, car il croyait qu'elle délirait.

«Comment t'appelles-tu?» demandait le gardien pendant ce temps.

«Julie!» cria Julie.

Enorme éclat de rire dans la classe en entendant Julie s'appeler toute seule sans que personne ne lui ait rien demandé.

«Elle parle toute seule», dit Tiphaine la futée. «C'est amusant!»

«Mais non!» s'écria Julie tout à coup. «Je parle au gardien!»

«Quel gardien?» demanda le maître, en essayant d'empêcher la classe d'exploser de rire une fois de plus.

«Le gardien du Jardin des Plantes!» s'écria Julie.

Mais en même temps, Julie numéro *deux* avait prononcé ces deux dernières phrases, de sorte que le gardien se demandait à son tour si cette petite fille n'était pas malade:

«Je le sais», lui dit-il, «que je suis le gardien du Jardin des Plantes! Tu ne me l'apprends pas!»

«Mais ce n'est pas à vous que je parle!» s'écria Julie avec agacement.

Or cette réponse fut dite *simultanément* au gardien et au maître d'école. Les élèves pleuraient de rire dans la classe.

«Ah?» fit le maître d'un petit air moqueur. «Ce n'est pas à moi que tu parles? A qui donc alors?»

«Ah?» fit le gardien d'un petit air moqueur. «Ce n'est pas à moi que tu parles? A qui donc alors?»

«Mais...!» s'écria Julie.

Elle ne put en dire davantage, et se mit à pleurer. Le maître apaisa la classe, qui était effondrée de rire sur les tables. Il caressa doucement la tête de Julie:

«Ne pleure pas. Ça va s'arranger...»

De son côté, le gardien s'efforçait d'apaiser l'autre Julie:

«Ne pleure pas. Je vais te reconduire à l'école...»

Le maître reprit son travail, les élèves le leur. Julie avait séché ses larmes, et s'efforçait de terminer son exercice. Le maître marchait dans la classe. En marchant, il passait parfois auprès de la fenêtre ouverte. Soudain, il s'immobilisa, un pied en l'air. Il venait de jeter un coup d'œil dans la cour. Il se retourna comme si on lui avait piqué les fesses avec une épingle; il regarda Julie. La fillette était assise calmement à sa place, et elle écrivait.

Le maître se frotta les yeux et regarda dans la cour par la fenêtre: la *même* fillette venait d'entrer à l'école en donnant la main à un gardien de jardin public! Le maître pivota vivement vers Julie-qui-travaillait:

«Julie!» s'exclama-t-il. «Où...» (Il s'apprêtait à lui demander «Où es-tu?», mais il devina que cette question provoquerait les rires de la classe, et il se retint de la poser.)

Il regarda par la fenêtre. Le gardien et la fillette venaient vers la classe. Le maître observa Julie numéro *un*, puis Julie numéro *deux*. Pas de doute! Elles portaient la même jupe écossaise, le même chemisier blanc, elles avaient les mêmes cheveux longs! Il se tourna vers Julie-qui-travaillait:

«Julie?» murmura-t-il. «Est-ce que tu as une sœur jumelle?» (Il savait pourtant bien que Julie était fille unique.)

«Non Monsieur», répondit Julie.

La seconde fillette était entrée maintenant dans le bâtiment scolaire; sans doute, elle montait l'escalier vers la classe. Le maître se dirigea vers la porte en se demandant s'il rêvait. Il jeta un coup d'œil dans le couloir. Les élèves, intrigués par son attitude, se demandaient ce qui se passait.

Soudain, ils entendirent des bruits de pas qui approchaient, et une voix d'homme qui demandait: «C'est ici, ta classe?»

Et ils entendirent, non pas une, mais deux voix,

qui lui répondaient en même temps : « Non, c'est la suivante ! »

Ces deux voix étaient celles de Julie numéro *deux*, qui arrivait en compagnie du gardien, et de Julie numéro *un*, qui était assise à sa place. Les élèves en furent étonnés :

« Il y a un écho ! » dit Amjad, ce qui fit rire toute la classe.

« Taisez-vous ! » demanda le maître d'une voix mal assurée.

Il regardait venir vers lui le gardien du Jardin des Plantes et une petite fille, qui était Julie. Il se retourna vivement pour vérifier que Julie était bien à côté de Sandra dans la classe.

« Je... » murmura-t-il « ...Je ne comprends pas... »

Il était tout pâle. Il s'écarta pour laisser entrer Julie numéro *deux*. Et alors, les élèves (et le maître) assistèrent à un événement prodigieux : Julie numéro *deux* s'avança en disant : « Bonjour Monsieur » (et ils entendirent aussi Julie numéro *un* souhaiter le bonjour au maître, alors qu'elle était ici depuis plus d'une heure), et elle se dirigea calmement vers sa place.

« Oh ! » firent les élèves qui s'étaient tous mis debout, tellement leur surprise était grande.

Julie numéro *deux* se dirigea vers la table de Julie numéro *un*. Puis Julie numéro *un* se leva, et alors, tout se passa exactement comme je vous le décris : Julie numéro *deux* entra dans Julie numéro *un*. Un instant, on vit les deux Julie comme deux images superposées. Puis il n'y eut plus qu'une Julie, qui se rassit tranquillement comme si rien ne s'était passé. Les élèves, ahuris, étaient restés debout. Ils entendaient la voix du gardien, dans le couloir, qui expliquait à l'instituteur :

«Je vous ai ramené cette fillette. Je crois qu'elle faisait l'école buissonnière. Elle ne doit pas être tout à fait dans son assiette, car ses réponses sont bizarres...»

«Oui... Je sais... Merci...» balbutiait le maître d'école, aussi ahuri que ses élèves. (Le gardien, qui était resté dans le couloir, n'avait pas été témoin de la prodigieuse réunion des deux Julie.)

Le gardien s'en alla. Le maître revint dans la classe. Les élèves observaient un silence impressionnant. Le maître s'éclaircit la voix avant de parler :

«Julie...» murmura-t-il. «... As-tu le don d'ubiquité?»

«D'ubi-quoi?» fit Audrey qui ne connaissait pas ce mot-là.

«D'ubiquité», répéta le maître. «C'est le don d'être présent en plusieurs endroits à la fois. C'est rigoureusement impossible.»

«Pourtant, je l'ai vue!» assura Sandra. «Elle est entrée dans la classe alors qu'elle était déjà assise à côté de moi!»

Toute la classe approuva.

Le maître reprit : «C'est très grave. Réponds-moi, Julie? Peux-tu réellement être dans deux endroits à la fois?»

Julie répondit que oui. Un grand murmure parcourut la classe.

«Tout à l'heure», vérifia le maître, «tu étais en même temps à l'école et au Jardin des Plantes?»

Julie répondit que oui. Les élèves se mirent à parler tous en même temps. Même Marianne, une petite fille qu'on n'entendait jamais, bavardait avec sa voisine Valérie.

«C'est pour ça», remarqua Tiphaine la futée, «que Julie répondait n'importe quoi quand on l'interrogeait!»

Et elle se mit à rire.

Mais Julie se rebiffa: «Je ne répondais pas n'importe quoi!»

Elle expliqua qu'elle ne pouvait pas tenir deux conversations à la fois, et qu'elle répondait en même temps la même chose à ses deux interlocuteurs.

«Eh bien! Ce n'est pas drôle!» dit Amjad. «Si par exemple la première Julie est chez elle et la deuxième au bord de l'eau, et si deux personnes leur demandent: *Veux-tu un gâteau?* et: *Veux-tu que je te pousse à l'eau?* elles répondront que oui toutes les deux! Ce n'est pas drôle du tout!»

Toute la classe éclata de rire. Mais c'était fort bien raisonné. On pria Julie de faire une démonstration de son talent. Elle se leva (ou plutôt une Julie se leva et alla au tableau, tandis que l'autre restait à sa table). Les élèves applaudirent. Julie était contente de son succès. A la récréation, il fallut recommencer, pour jouer. Plusieurs élèves essayèrent de l'imiter, mais ils avaient beau grimacer pour se dédoubler, ils n'y parvinrent pas. Comme disait Guillaume, qui aimait beaucoup les jeux de mots, Julie, qui était déjà fille «unique», resta la seule fille «ubique» de l'école.

La fillette
qui creusait des trous
dans la terre

Un matin qu'elle respirait le parfum des œillets du jardin, Agathe vit la terre se soulever. Un petit museau en sortit. L'animal avait les deux pattes de devant en forme de pelles, qui maintenaient la terre écartée. C'était une petite taupe.

Agathe avança la main pour la caresser. Mais la taupe s'enfuit dans son trou. Elle n'est guère polie! pensa Agathe. Voilà qu'elle me tourne le dos!

Alors elle se mit à quatre pattes, et, avec ses pattes de devant (oh! pardon! avec ses mains!), elle creusa le terreau du jardin à toute vitesse, pour rejoindre la taupe. Si bien qu'elle ne se rendit pas compte qu'elle enfouissait sa tête dans le trou creusé, puis son corps tout entier, et même ses jambes. Elle progressait très vite à plat ventre dans la grande galerie qu'elle perçait. Elle rejetait la terre derrière elle. Mais tout de même, il faisait bien sombre sous terre! (La prochaine fois, il faudra que j'emporte une lampe de poche!)

Agathe décida de remonter. Mais elle ne savait pas où elle allait ressortir, car elle ne s'était pas orientée. (Il faudra que j'emporte une boussole!)

Elle fit ce qu'avait fait la taupe, et remonta à la verticale. Ses petites mains écartèrent la terre éboulée, et elle risqua le museau (oh! pardon! le nez!) au-dehors. Elle se trouvait dans un jardin fleuri, beaucoup plus beau et plus grand que celui de son père, et, à quelques pas d'elle, un garçon de son âge la regardait surgir entre les fleurs. Il était au soleil, assis dans une chaise roulante, les jambes sous une couverture malgré la belle saison.

«Bonjour», lui dit Agathe en sortant sa tête de la terre.

«Bonjour», répondit le garçon qui était très pâle.

«Tu es malade?» demanda-t-elle.

«J'ai été malade», confirma le garçon. «La tuberculose. Maintenant, je suis presque guéri. D'où viens-tu?»

«De la résidence des *roses*», répondit Agathe.

«Ah, je vois!» dit le garçon. «C'est de l'autre côté de la rue, à l'autre bout, près de la place.»

«Je n'avais jamais entendu parler de toi», dit Agathe.

«J'étais au sanatorium», dit le garçon.

«Je m'appelle Agathe. Comment t'appelles-tu?»

«Je m'appelle David.»

«Tu ne vas pas à l'école?»

«J'y allais, au sanatorium. J'irai à l'école Marcel Aymé dès que je serai guéri.»

«Nous serons dans la même classe», dit Agathe. «Nous avons le même âge.»

«Je serai content d'être avec toi», dit le garçon.

Ils bavardèrent comme ça longtemps, au soleil, le garçon dans sa chaise roulante, et la fille dans la terre jusqu'au cou. Mais l'heure arriva de prendre congé, car le soleil baissait. Les ombres s'étiraient dans le beau jardin, et surtout, des voix se faisaient entendre, qui venaient par ici.

«Je m'en vais!» dit Agathe. «Ne dis pas que tu m'as vue!»

«Non!» promit le garçon. «Mais le grand-père ne va pas être content!»

Agathe aperçut la mère de David qui arrivait dans l'allée en appelant son fils. Un vieillard en salopette bleue l'accompagnait. Agathe s'enfonça dans la terre.

«Tu reviendras? Tu reviendras?» s'écria le garçon avec espoir.

«Oui, promis!» dit Agathe avant de disparaître.

La mère de David s'étonnait de voir son fils penché au-dessus du sol: «David? Que regardes-tu?»

Le jardinier poussa un grand cri de colère: «Sacrebleu! Une taupe!»

Il courut en direction de la remise qu'on apercevait au fond du jardin, pour y prendre une pelle.

«Non! Non!» voulut protester le garçon.

Mais trop tard. Le jardinier revint en courant, et se mit à creuser. Par bonheur, Agathe avait eu le temps de s'enfouir profondément dans la terre, et d'ailleurs, elle allait très vite. Cette fois, elle prit le soin de s'orienter et revint chez elle par la longue galerie qu'elle avait creusée en venant. Elle ressortit parmi les œillets. Son père était occupé à laver la voiture; il ne la vit pas. Elle sortit de la pelouse tranquillement, épousseta ses vêtements pleins de terre, et vint l'embrasser.

«Te voilà plus crottée qu'un chien de chasse!»

dit le père en l'embrassant. «A croire que tu sors d'un terrier!» (Il faudra que j'enfile des vêtements qui ne risquent rien lors des prochaines expéditions!)

Puis Agathe se renseigna, mine de rien. Oui, les parents du petit David étaient nouveaux dans le quartier. Leur fils avait été malade, il était resté plus d'un an au sanatorium. Ils demeuraient à plus de cent mètres d'ici. «J'ai fait du chemin!» pensa Agathe.

Elle rentra se changer dans sa chambre. En se voyant dans le miroir de la salle de bains, elle ne se reconnut pas elle-même. Elle était plus barbouillée qu'un bébé qui aurait mangé de la bouillie au chocolat en trempant son visage dans l'assiette. Un moment, elle pensa raconter son aventure à sa mère. Mais les parents, ça ne comprend jamais rien. On aurait peur pour elle, on lui interdirait de recommencer. Autant ne rien dire!

A table, malgré tout, elle amorça une tentative de dialogue: «Avec quoi les mineurs creusent-ils leurs galeries?»

Le père, qui regardait le journal télévisé, répondit brièvement: «Avec des excavatrices.»

«Pas avec leurs mains?»

Le père haussa les épaules sans répondre.

«Ne dis pas de sottises!» dit la mère.

«Et comment se déplacent-ils dans les galeries?» demanda encore Agathe. «A quatre pattes ou à plat ventre?»

«Dans des wagonnets», dit la mère. «Mais quel âge as-tu donc, Agathe! A t'entendre poser ces questions, on te croirait à la maternelle!»

Agathe n'insista pas.

«Est-ce que je peux emporter la lampe de poche?» demanda-t-elle. «C'est pour l'observer à l'école.»

Sa mère la lui remit.

«J'aurai besoin aussi de la boussole.»

«La boussole? Ton maître n'en a pas?»

«Si. Mais il a demandé d'en apporter. Est-ce que je peux emprunter celle de papa?»

Sa mère la lui remit. Elle se réjouissait de voir Agathe s'intéresser aux activités d'éveil. Mais une chose tout de même la surprit: c'est qu'Agathe s'enferma dans sa chambre sans demander à regarder la télévision, alors qu'on était mardi soir.

«Tiens?» fit-elle. «Tu ne veux pas regarder la télévision ce soir?»

«Oh non!» dit Agathe. «C'est pas des histoires vraies.»

Elle s'en fut dans sa chambre. Elle cousit la lampe de poche sur un vieux bonnet de laine qu'elle avait, pour s'éclairer à la manière des mineurs, la lampe sur le front. Elle cousait plutôt mal. Elle se fit également un bracelet pour porter la boussole comme une montre. Puis elle éteignit la lumière.

Le lendemain, mercredi, après le petit déjeuner et le départ des parents pour le travail, Agathe courut enfiler un vieux blue-jean, un vieux chandail, des baskets, le bonnet à la lampe de poche. Elle prit la boussole et un petit calepin, se rendit sur la pelouse, et gratta la terre, à quatre pattes. Elle s'enfonça dans le trou. Mais cette fois, au lieu d'errer comme la veille, elle fila en ligne droite au nord-ouest.

Il fallait traverser la rue. Et Agathe n'avait pas pensé que des travaux venaient de commencer au pied de l'immeuble, et qu'une profonde tranchée avait été forée le matin même par la pelleteuse des employés du gaz. Aussi déboucha-t-elle subitement sur la paroi de gauche de la tranchée; et comme elle était lancée à grande vitesse, sa tête et ses bras apparurent tout à coup juste à côté d'un terrassier qui travaillait au fond. L'homme, en combinaison orange fluorescente, ouvrit la bouche toute grande, et lâcha sa pelle de frayeur!

« Excusez-moi, Monsieur », dit Agathe poliment. « Je ne fais que passer. »

Elle traversa devant lui, et elle attaqua immédiatement l'autre paroi de la tranchée pour poursuivre son chemin. Elle disparut en quelques secondes dans sa nouvelle galerie. Le terrassier, hébété, venait de retrouver sa voix. Il appelait le contremaître avec émotion en se frottant les yeux. Ce dernier arriva au moment où Agathe s'en allait.

« Que se passe-t-il? » l'entendit-elle demander. « Pourquoi avez-vous interrompu le travail? »

«Il-il-il y avait une f-f-fille qui passait!» balbutia le terrassier.

«Obsédé!» s'écria le contremaître. «Il ne pense qu'aux filles!»

«Mais non! Là! Là! Regardez vous-même!» protestait le terrassier.

Agathe les entendait de moins en moins au fur et à mesure qu'elle s'éloignait. Mais elle supposa que le contremaître se baissait pour mettre ses yeux à la hauteur de la galerie. Alors, elle rejeta une grande quantité de terre derrière elle avec ses pieds pour la lui envoyer au visage. Elle rit de sa plaisanterie en entendant le contremaître (mais de plus en plus sourdement) pousser des jurons de colère.

Elle continua sa route. Puis, ayant calculé qu'elle était rendue à destination, elle remonta à la surface. Elle déboucha dans le beau jardin du petit convalescent. L'enfant lui tournait le dos, car il surveillait le point précis où Agathe était apparue la première fois.

Elle l'appela doucement: «Psstt! David!»

Il se retourna avec un grand sourire de bonheur. Il fit rouler sa chaise vers elle à travers la pelouse, pour la rejoindre. Tout de même, il était soucieux:

«Attention au grand-père!» dit-il.

«Je n'en ai pas peur!» dit Agathe.

«A qui parles-tu, David?» demanda tout à coup une grosse voix.

C'était celle du grand-père.

« Vite ! Cache-toi ! » souffla le garçon rapidement à Agathe.

La fillette plongea dans son terrier. Il était temps ! Le vieux ronchonneur arrivait ; elle entendit le bruit de ses bottes résonner à la surface du sol au-dessus d'elle.

Le vieux jardinier poussa les hauts cris : « Sacrebleu ! La taupe ! Hier, en plein dans mes dahlias ! Aujourd'hui, au milieu de la pelouse ! Sale bestiole ! »

Comme la veille, il se mit à creuser la terre à coups de bêche.

« Je l'aurai ! » criait-il, haletant. « Je l'aurai ! Elle doit être énorme ! »

Pour s'amuser, Agathe se déplaça un peu sous la terre, et remonta plus loin. Elle était à l'abri des regards du grand-père bougon, au milieu d'un buisson de rosiers. Le vieillard, coiffé d'un chapeau de paille pour se protéger du soleil, bêchait rageusement la terre.

« Psstt ! David ! » chuchota Agathe.

L'enfant la rejoignit en riant, mais il était un peu inquiet :

« Fais attention ! » recommanda-t-il à Agathe. « Le grand-père va t'attraper ! »

« Je vais plus vite que lui ! » le rassura Agathe.

« A qui parles-tu ? » dit une autre voix tout à coup.

Agathe eut le temps de voir arriver la mère de

David. La dame était souriante et paraissait gentille, mais Agathe préféra ne pas se fier aux apparences, et plongea dans la terre.

« A personne », entendit-elle David répondre. « J'admirais les roses. »

La mère embrassa son fils. Elle était heureuse de voir des couleurs revenir à ses joues après cette si longue maladie. Mais elle remarqua la terre toute remuée au pied des rosiers fleuris.

« La taupe est passée par ici ! » dit-elle. « Elle saccage tout ! »

Elle appela le vieux bonhomme : « Pépé ! Venez voir ! Ici aussi ! »

Le jardinier accourut. A la vue de la terre bouleversée, il jeta rageusement sa pelle sur le sol. Il courut vers la remise prendre une pioche pour creuser plus vite. Le garçon souriait.

« Qu'est-ce qui te fait sourire, David ? » lui demanda doucement sa mère.

« Il ne la capturera pas », dit le garçon. « Elle creuse plus vite que lui. »

« On dirait que ça te fait plaisir », soupçonna la mère. « Tu n'aimerais pas qu'il la capture ? »

« Oh non ! »

« Pourtant », dit la mère, « regarde les dégâts qu'elle cause ! »

Le vieux grand-père en salopette bleue était de retour avec sa pioche. Il frappait la terre de toutes ses forces en faisant « Han ! » à chaque coup. Agathe jugea plus prudent de s'éclipser.

Mais elle revint les jours suivants. Chaque fois, elle jouait à cache-cache avec le jardinier furieux. Elle dévastait les massifs de fleurs, les pelouses, les buissons taillés, et même le potager. Le garçon riait de la voir faire, il la renseignait sournoisement sur les mouvements de l'ennemi. Maintenant, le vieux râleur s'était armé d'un fusil de chasse et il montait la garde à l'abri d'une haie de thuyas, prêt à ouvrir le feu dès qu'un peu de terre remuerait. Mais il ne capturait pas la grosse taupe. Une fois, la fillette eut l'audace de venir ramper au-dessous de lui, puis, remontant à la verticale, de creuser sous un pied de son siège. Quand le bonhomme, qui s'était éloigné un instant, revint s'asseoir, le pied de la chaise s'enfonça, et le bonhomme se retrouva par terre!

Il pleurait de désespoir et de colère. Il tendit des pièges partout, des pièges dangereux, avec des dents d'acier. Et le petit garçon ne fut plus autorisé à entrer dans le jardin, à cause du risque. Le vieux bonhomme, lui-même, n'y vint plus, de peur d'effaroucher la taupe qu'il voulait prendre au piège, et surtout parce que son jardin était devenu très laid, défoncé comme un terrain vague.

Agathe en fut attristée. Elle mesura soudain le mal qu'elle avait fait. A l'abri dans sa galerie souterraine, elle écrivit deux messages sur des feuilles de son calepin. Elle adressa le premier au petit garçon. Elle lui disait: «Je voudrais bien revenir te voir, mais je n'ose plus. J'espère que tu te soignes bien, et que tu seras bientôt guéri.» Et elle adressa le second message au vieux jardinier, son ennemi. Elle disait: «Je me suis amusée à vous faire enrager. Je vous demande pardon car vous aviez le plus beau jardin du quartier, et maintenant, il est tout défoncé par ma faute. Aussi, rassurez-vous, je pars et je ne reviendrai plus. Je vous souhaite d'avoir le courage de le refaire aussi agréable qu'il était.»

Elle ne signa pas ses messages. Elle les piqua sur la dent acérée d'un piège et elle s'en alla. Les parents et le jardinier trouvèrent les messages, et cela les rendit perplexes, car ils n'avaient jamais vu de taupe écrire des lettres, et encore moins des lettres si gentilles. Ils étaient disposés à pardonner, et à faire bon accueil à leur visiteuse clandestine, si celle-ci voulait bien se montrer. Mais Agathe ne revint pas – du moins, pas par ce chemin-là!

David reprit ses forces. Il n'avait pas oublié sa visiteuse, et un beau matin, il vint à l'école de la rue Marcel Aymé. Agathe était dans la cour de récréation, avec ses copines Christine et Audrey. Elle ne l'avait pas vu arriver. Il lui prit le bras pour attirer son attention. Il s'apprêtait à lui dire bonjour, à lui rappeler où ils avaient fait connaissance, et en quelles circonstances, mais la fillette l'en empêcha en se mettant vivement un doigt sur la bouche.

Elle dit: «Chut!»

Il comprit que c'était un secret entre eux deux.

Alors il fit comme elle, et se mit un doigt sur la bouche, et dit: «Chut!»

Et après, chaque fois qu'ils se rencontraient quelque part, ils se saluaient en se mettant un doigt sur la bouche, et se disaient «chut!» en souriant. Ils ne se parlaient pas davantage. Et ce fut comme ça tout le temps de leurs études, et même après le service militaire de David.

Un jour, le jeune homme, qui pensait tout le temps à elle, voulut tout de même lui demander quelque chose que les jeunes gens demandent aux jeunes filles, mais elle ne lui laissa pas le temps de faire sa demande, car elle lui donna son accord sans répondre, simplement en se posant un doigt sur la bouche.

«Chut!» dit-elle tendrement.

«Chut!» lui répondit-il tout heureux.

Si bien qu'ils se marièrent. Et l'on n'avait jamais vu de couple s'entendre aussi bien sans rien se dire!

L'enfant
qui ouvrait toutes les portes

Aurélie n'avait jamais compris à quoi les portes servaient. Elle introduisait un doigt dans la serrure, puis elle le tournait fermement, comme une clé. Evidemment, ce n'était pas facile, mais Aurélie était d'une grande souplesse, et Clic-Clac! La serrure s'ouvrait! Toutes les serrures! Les grosses, avec le pouce, et les petites avec l'auriculaire.

Un soir, à table, alors qu'une dizaine d'invités dînaient à la maison, la fillette entendit quelqu'un dire en plaisantant que s'il y avait des pauvres, par bonheur, ça n'empêchait pas les banques d'être riches.

Alors elle demanda tout à coup: «Pourquoi ne donne-t-on pas l'argent des banques aux pauvres gens?»

Il se fit un silence gêné. D'abord parce qu'une enfant ne doit pas parler à table sans qu'on l'interroge. Puis parce qu'une enfant ne doit pas se faire remarquer en public. Ensuite parce qu'une enfant ne doit pas parler d'argent. Enfin parce qu'elle venait de proposer de vider les banques, alors que les invités de ses parents étaient tous banquiers, comme son père.

On l'envoya se coucher. Elle y alla gentiment; mais tout de même, quelque chose n'allait pas. C'est pourquoi elle se releva, s'habilla très vite, et sortit. Dans la rue, il faisait très noir; la fillette avait un peu peur. Elle courut à la banque de son père. Elle ouvrit la grille extérieure: Clic-Clac! La porte d'entrée: Clic-Clac! Toutes les portes jusqu'au coffre : Clic-Clac ! Clic-Clac ! Clic-Clac ! La seule difficulté consistait à ne pas se faire voir du vieux gardien de nuit, Théodore. Puis elle ouvrit le coffre : Clic-Clac ! Elle y prit une poignée de billets de banque, referma le coffre et repartit comme elle était venue, en refermant les portes derrière elle.

Le lendemain, sur le chemin de l'école, elle distribua les billets aux clochards. Ils étaient étonnés, mais contents. Aurélie aussi était très contente. Mais le soir, elle ne le fut plus en apprenant que la police venait d'arrêter le vieux gardien.

«C'est injuste!» s'écria-t-elle.

Et, au lieu de se coucher, elle sortit. (Elle avait moins peur de la nuit, elle commençait à s'y habituer.) Elle se rendit à la prison, qui était fermée à cette heure. Elle eut vite fait d'ouvrir les portes, Clic-Clac! Les grilles, Clic-Clac! Et tout ce qui lui barrait le passage. Elle cherchait le père Théodore.

Elle le vit enfin, assis sur un pauvre lit, dans une vilaine cellule. Elle ouvrit la porte blindée, vint auprès du vieil homme, et tira sa manche de gros tissu gris. Il la reconnut tristement, sans s'étonner. Il était tellement désolé d'avoir été jeté en prison, qu'il ne s'étonnait plus de rien.

Aurélie le secoua: «Père Théodore! C'est moi, Aurélie!»

«Bonsoir. Bonsoir.»

«Je suis venue vous délivrer!»

«Je ne veux pas être délivré. Je suis innocent.»

Le bonhomme parut soudain réaliser qu'il était enfermé, et que la petite fille, elle, ne l'était pas:

«Mais?» fit-il, très intrigué. «Quelle heure est-il? Comment es-tu entrée?»

«J'ouvre toutes les serrures.»

«Ah», dit le vieillard sans insister.

Il se mit à méditer tristement:

«Tu sais», dit-il, «je n'ai pas volé l'argent de ton papa.»

«Non, c'est moi. Je l'ai donné aux pauvres.»

«Toi?» fit le père Théodore d'un ton dubitatif. «Tu l'as dit à ton père?»

«Il ne m'écoute pas; il n'a jamais le temps.»

«Je sais», dit le vieillard en secouant la tête. «C'est comme la justice. Personne ne m'écoute moi non plus.»

«Je vais vous faire sortir de prison!»

Mais le père Théodore refusa:

«Je suis trop vieux pour les évasions», dit-il. «A mon âge, on ne saute pas par-dessus les murailles!»

«Nous passerons par la porte! Je vais vous montrer! Regardez! Je glisse mon doigt dans la serrure de votre porte, et je le tourne comme ceci (Clic-Clac!) Et voilà, la porte est ouverte!»

«Je vois», dit le bonhomme, qui ne s'était même pas levé pour la regarder faire. «Mais je ne veux pas m'évader. Je suis innocent. Toute ma vie durant, j'ai été honnête. Je ne veux pas qu'on dise que je suis un voleur. La prison n'a pas d'importance.»

«Je comprends», murmura Aurélie.

Elle serra la main du vieillard, et quitta la prison, Clic-Clac! Clic-Clac! Clic-Clac! Chez elle, tout le monde dormait. Elle en fit donc autant, mais dès que les parents s'éveillèrent, elle les rejoignit dans la cuisine. Ils furent surpris de la voir si matinale :

«Tu es tombée de ton lit?» fit son père.

«Ce n'est pas le père Théodore qui a pris ton argent!» lui dit-elle en guise de réponse. (Elle parlait très vite parce qu'elle savait que son père n'avait jamais le temps de l'écouter.)

«Je m'en doute!» dit le père. «Je l'ai d'ailleurs déclaré à la police. Théodore n'est pas un voleur. La police n'en fait qu'à sa tête.»

«Alors?» demanda la fillette. «Tu l'as dit à la police?»

«Bien sûr! Ça ne peut pas être Théodore. On n'est pas honnête pendant soixante ans pour devenir un voleur la soixante-et-unième année. Et puis, s'il avait volé de l'argent, il en aurait pris davantage!»

«Dans ce cas, on va le libérer?» demanda la fillette avec espoir.

«Je ne crois pas», dit son père. «Le vol a eu lieu sans effraction; or il n'y a que lui qui avait les clés, à part moi.»

Il se leva et jeta sa serviette sur la table : « Je suis en retard. »

Il embrassa sa femme et sa fille.

« Attends ! Papa ! » s'écria Aurélie. « C'est moi qui ai pris ton argent ! »

Le père sursauta ; mais il était déjà en train de sortir et il crut que sa fille s'accusait par bonté, pour faire libérer le vieux gardien.

« Cette enfant a un cœur d'or », dit-il à sa femme en sortant.

« Mais c'est moi ! C'est la vérité ! » s'écria Aurélie.

« Hâte-toi de déjeuner ! » dit sa mère.

Elle quitta la table à son tour. Elle écrivait des articles dans un magazine de mode. Elle était toujours belle et élégante, et toujours pressée, elle aussi.

« Bon », dit tristement la fillette restée seule à table.

Elle alla au commissariat. Le brigadier tapait à la machine à écrire, de l'autre côté d'un haut comptoir, si haut qu'Aurélie ne pouvait pas regarder par-dessus. Ce fut le brigadier qui se leva.

« Que veux-tu, petite ? Tu ne connais plus le chemin de ton école ? »

« Si », dit Aurélie. « Mais je suis venue vous dire que le père Théodore était innocent. »

« Qui est-ce, le père Théodore ? » demanda le brigadier, qui n'était pas informé de cette affaire.

« C'est le gardien de la banque à papa. »

« Et alors ? »

«Ce n'est pas lui qui a cambriolé la banque. C'est moi.»

«D'accord», dit le brigadier qui n'en croyait rien. «Et moi, je suis le mari de la reine d'Angleterre.»

Aurélie le crut. Elle dit, aimablement: «Vous n'avez pas du tout l'accent anglais quand vous parlez.»

Le brigadier se mit à rire. Il s'apprêtait à renvoyer la visiteuse, lorsqu'un appel retentit dans un haut-parleur, pour signaler aux policiers qu'une vieille dame s'était enfermée chez elle, rue Marcel Aymé (justement à côté de l'école), au quatrième étage d'un immeuble, et qu'elle refusait d'ouvrir sa porte.

«Allons voir!» dit le brigadier en coiffant son képi.

Deux agents l'accompagnèrent. Aurélie hésita: c'était l'heure de l'école. Mais le sort du père Théodore lui parut plus urgent à régler qu'un problème de mathématique. C'est pourquoi elle courut derrière la voiture de police.

L'escalier de l'immeuble était encombré de voisins et de voisines. Sur le palier du quatrième étage, les trois policiers, arrivés les premiers en fourgonnette, essayaient de parlementer avec la vieille dame enfermée, à travers la porte verrouillée. (C'était la vieille dame aux pigeons.)

«N'ayez pas peur, Madame Dumont. Nous ne sommes pas des voleurs. Ouvrez-nous la porte.»

Mais c'était à leur tour de ne pas être crus:

«Non!» répondait la vieille dame. «Je n'ai pas confiance en vous!»

«Entrouvrez votre porte, Madame Dumont! Laissez la chaîne de sécurité! Vous reconnaîtrez nos uniformes!»

«Non!»

Le brigadier soupira; il fallait se montrer patient.

«Ouvrez-nous, Madame Dumont! S'il vous plaît?»

Mais la vieille dame était aussi têtue que les trois petits cochons de l'histoire du méchant loup, et c'est tout juste si elle ne lui répondait pas: «Par ma queue en tire-bouchon, non, non, et non!»

Le brigadier tourna les talons:

«Allons-nous-en», déclara-t-il. «Appelons les pompiers. Il va falloir entrer par la fenêtre.»

Ils redescendirent. Aurélie aurait bien voulu leur ouvrir la porte, et prouver ainsi que c'était elle qui était entrée dans la banque. Mais ils chassaient tout le monde devant eux, et d'ailleurs, les curieux se réjouissaient à l'avance de voir les pompiers dresser leur échelle dans la rue. Elle se cacha dans une encoignure. Puis, quand tout le monde fut passé, elle monta jusqu'au quatrième. Elle introduisit son doigt dans la serrure de la porte de la vieille dame, et Clic-Clac!

Quand le premier pompier arriva au sommet de l'échelle et poussa la fenêtre du salon, il vit avec étonnement une vieille dame et une petite fille qui jouaient au Scrabble.

Il se retourna, pour crier à ses camarades restés en bas sur le trottoir: «Il y a une fillette avec elle!»

Deux autres pompiers escaladèrent l'échelle, tandis que les policiers remontaient l'escalier quatre à quatre. Un pompier leur ouvrit la porte.

«Mais?» dit le brigadier en reconnaissant Aurélie. «Comment es-tu entrée?»

«J'ai ouvert la porte», répondit la fillette.

Le brigadier réfléchissait. C'était simple. La vieille dame aux pigeons, qui refusait d'ouvrir aux voisins, avait ouvert sa porte à la petite fille.

«Vous me croyez, maintenant?» demanda Aurélie.

«Oui, oui», dit le brigadier.

Il prit la fillette par la main pour la reconduire à la porte.

«Alors vous allez libérer le père Théodore?» vérifia Aurélie.

«Certainement», répondit le brigadier. «Certainement.»

Il appela un agent: «Durand? Reconduisez cette enfant à l'école, voulez-vous?»

«A vos ordres.»

C'est ainsi qu'Aurélie arriva à l'école escortée par un policier. Les enfants récitaient justement le poème de Prévert «J'ai mis mon képi dans la cage et je suis sorti avec l'oiseau sur la tête». La vue du policier les fit rire. Aurélie gagna sa place à côté de Marianne. Toute la journée, elle travailla d'un cœur léger, puisqu'on allait libérer le vieux gardien. Le soir, c'est en sautillant et en chantant qu'elle entra chez elle en compagnie d'Audrey et de Charlotte. Elle goûta et apprit ses leçons. Son père arriva le premier.

Elle lui annonça la bonne nouvelle: «Les gendarmes vont libérer le père Théodore!»

«Ça m'étonnerait», dit le père en s'engouffrant dans son bureau pour achever un travail en retard. «Ils viennent justement de l'inculper.»

L'inculper? Quel mot barbare! Que voulait-il dire? Aurélie ouvrit le dictionnaire, et chercha. Voyons... Inc, incertain, incomparable, inconnu, increvable, incroyable, ah!... inculper! Elle lut à haute voix la définition du verbe: «Ouvrir une procédure d'instruction contre une personne présumée coupable d'un crime ou d'un délit.» Aurélie referma le dictionnaire. Elle ne comprenait pas la définition qu'elle venait de lire, mais elle comprenait le mot «coupable»! Et le père Théodore ne l'était pas! Et on ne l'avait pas libéré!

Le soir, elle dîna peu; elle était impatiente d'agir. Elle fit encore semblant de se coucher, et fila droit à la prison. Elle parvint aussi facilement que la première fois dans la cellule du prisonnier.

«Alors?» lui dit tristement celui-ci, toujours vêtu de son uniforme gris. «Personne ne t'a crue?»

«Il faut vous évader!» répondit Aurélie. «Si

vous vous évadez avec moi, tout le monde croira que c'est bien moi qui ai ouvert les portes!»

«C'est vrai», admit le vieux bonhomme en se grattant la tête.

Ils prirent le chemin de la sortie. C'était si facile que le vieux gardien s'en émerveillait sans précautions. Aurélie était obligée de le faire taire en mettant un doigt sur sa bouche, car il poussait des exclamations de surprise à chaque lourde grille qu'elle ouvrait.

«Incroyable! Formidable!»

«Chut! Chut!»

Ils se retrouvèrent dehors, sur le trottoir.

«Que faisons-nous, maintenant?» demanda le père Théodore.

«Maintenant, on sonne à la porte!» décida Aurélie. «On appelle le directeur de la prison.»

«Bien, bien», dit le vieux bonhomme, que l'aventure amusait de plus en plus.

Ils tirèrent la sonnette. C'était une grosse cloche qui faisait un vacarme à réveiller tout le quartier. Dreling-Dreling-Dreling! Au bout de quelques instants, un petit guichet s'ouvrit dans la grande porte: la tête d'un surveillant apparut dans l'encadrement:

«Ah! C'est vous, Théodore! Qu'est-ce que vous voulez?»

Le surveillant n'était pas très bien réveillé. Tout à coup, il réalisa que son prisonnier était dans la rue.

« Mais ? Mais ? Comment êtes-vous sorti ? Voulez-vous rentrer ! »

« Allez chercher le directeur », ordonna alors une petite voix.

Le surveillant découvrit une petite fille qui donnait la main au vieux prisonnier.

« Nous vous attendons », dit le père Théodore.

« Je-je-je-j'y vais ! » bredouilla le surveillant.

Il courut, sans refermer le guichet. Le prisonnier et la fillette s'assirent sur le bord du trottoir, les pieds dans le caniveau. Ils n'eurent pas longtemps à attendre, car bientôt le directeur apparut en personne, affolé, en pyjama. C'était un gros petit homme à lunettes, qui s'épongeait le front avec son mouchoir :

« Quelle histoire ! Quelle histoire ! »

Aurélie lui fit une démonstration de son pouvoir extraordinaire. Le directeur était extasié. « Il va falloir changer toutes les serrures de toutes les prisons ! » redoutait-il.

Le père Théodore fut libéré le lendemain matin, car on ne pouvait pas l'emmener au greffe pour lui rendre ses vêtements personnels en pleine nuit.

« Vous comprenez », expliquait le directeur, « à cette heure-ci, c'est fermé. »

« Je peux ouvrir », disait la fillette.

« Oh non ! Non ! » s'écriait le directeur. « D'ailleurs, il n'y a personne. Le greffier est chez lui, en train de dormir et... »

« Je peux entrer chez lui », disait la fillette.

Mais le père Théodore, plus sagement, préféra attendre le matin. «Comme cela», dit-il, «je sortirai de prison au grand jour, et tout le monde saura que je suis un honnête homme.»

Il fit une grosse bise à Aurélie. Il lui fit aussi promettre de ne plus piller de banques. Aurélie promit, et elle tint parole. Elle ne se servit plus de ses doigts crocheteurs que pour ouvrir sa tirelire, car malgré tout, elle continuait de donner de l'argent aux pauvres. (C'est d'ailleurs pourquoi son père veilla dorénavant à ce que la tirelire d'Aurélie fût toujours approvisionnée en monnaie – de peur que sa fille ne revienne se servir dans son coffre!)

L'enfant
qui renversait les arbres

Sébastien était fils unique. A l'annonce qu'il aurait bientôt un petit frère, il fut pris d'une grosse colère, et devint rouge comme une auto de pompiers. (Cela se passait dans une grande forêt agréable, où la famille était allée se promener.)

Sébastien retint son chagrin jaloux, et s'éloigna. Longtemps, il marcha sous les ombrages. Et tout à coup, laissant aller sa grosse colère, il donna un grand coup de pied à un arbre.

En temps normal, il se serait fait mal, car il s'agissait d'un gros chêne au tronc noueux, au feuillage touffu. Mais ce jour-là, il se passa tout autre chose. Un grand craquement se fit entendre. Etonné lui-même, Sébastien vit l'arbre trembler, vaciller, pencher de plus en plus vite en arrachant ses racines du sol, et s'abattre. L'arbre énorme s'écrasa en brisant d'autres arbres au passage. Un moment, on n'entendit dans la forêt que le grondement de l'arbre qui tombait. (C'était vraiment une grosse colère.)

Des promeneurs accoururent au bruit. Les parents de Sébastien étaient parmi eux ; ils avaient eu peur pour leur fils.

«Sébastien!» s'écriaient-ils. «Tu étais là! Tu n'es pas blessé!»

Les promeneurs observaient le grand arbre étendu de tout son long, sans comprendre.

«C'est dangereux», commentaient-ils. «Des arbres qui tombent tout seuls! Les bûcherons devraient les abattre!»

Sébastien ne disait rien. Sa colère restait grande, quoique un peu soulagée. Il regardait les badauds, qui ne devinaient pas qu'il était l'auteur des dégâts. Il les regardait d'ailleurs d'un air à la fois moqueur et méchant. Il aurait pu, évidemment, abattre un autre arbre sous leurs yeux, histoire de montrer son pouvoir. Mais il voulait se venger de tout le monde à cause de ce petit frère qui allait naître, qui viendrait lui voler ses jouets, envahir sa chambre, qui recevrait bientôt les caresses de son père et de sa mère. D'avance, Sébastien détestait le petit frère.

Il quitta le groupe de promeneurs, et, s'étant assuré qu'il était assez éloigné pour que personne ne le voie, il s'approcha de nouveau d'un grand arbre. Cette fois c'était un châtaignier. Magnifique. Sébastien le considéra d'un air malveillant :

« Tu vas voir ! » lui dit-il. (Comme si l'arbre pouvait l'entendre !)

Il prit son élan, et Vlan ! Il poussa le tronc des deux mains. L'arbre s'abattit avec fracas, et Sébastien éclata de rire méchamment. Il entendit les cris des badauds qui accouraient de nouveau par les sentiers.

« Par là ! Par là ! C'est encore un arbre qui tombe ! »

Sébastien ne les attendit pas. Il se jeta à plat ventre dans les hautes fougères, et s'éloigna vite à quatre pattes. Une fois bien caché, il se releva, s'adossa à un autre châtaignier, et le renversa.

Puis il prit la fuite encore, renversa un quatrième arbre, puis un cinquième, puis un sixième. C'était devenu pour lui un jeu, qui consistait à disparaître avant l'arrivée des curieux, et à entendre avec plaisir leurs cris effrayés, sans se faire voir. Il riait tout bas de les entendre :

«Encore un ! Un châtaignier !»

«Un bouleau !»

«Un chêne !»

«Il faut avertir les gardes forestiers !»

«Il faut avertir la police !»

«Vous vous rendez compte ! Si ces arbres tombaient sur quelqu'un !»

«Ce n'est pas normal que les arbres tombent comme des dents gâtées !»

«C'est peut-être une histoire d'extraterrestres !»

Sébastien riait dans le fourré. Il savourait sa vengeance. Une fois, il aperçut encore ses parents dans la foule de plus en plus grande. Il se rapprocha en rampant. Sa mère s'inquiétait pour lui. Le père la rassurait de son mieux, disant qu'il était «débrouillard». Sébastien le vit tout de même s'élancer en courant à sa recherche – mais pas dans la bonne direction. La mère s'en retourna vers la voiture à l'entrée de la grande forêt. Beaucoup de gens s'enfuyaient en jetant des regards apeurés vers les sommets des arbres, car ils redoutaient de les voir s'effondrer. L'auto des gendarmes arriva ; deux gendarmes en descendirent.

«Que se passe-t-il?»

«Ce sont les arbres qui s'abattent!» s'écriaient ceux qui étaient restés. «Regardez! Ils sont déracinés! Ils tombent tout seuls!»

«Voyons cela de près», dit un gendarme.

Il s'approcha d'un arbre debout, et fit mine de le pousser de toutes ses forces pour le renverser. Naturellement, l'arbre ne trembla même pas.

«Hum», dit le gendarme. «Cet arbre m'a l'air bien planté.»

«Les autres aussi», dit son collègue qui venait de réaliser la même expérience avec deux châtaigniers voisins.

«Pourtant ils tombent!» protestèrent les promeneurs. «Il y en a déjà plusieurs d'abattus!»

«Si ça se trouve», dit une femme, «les arbres tombent parce qu'il y a des mines?»

Un frisson parcourut l'assistance. Mais les gendarmes rassurèrent tout le monde: «Si c'étaient des mines, vous auriez entendu des explosions!»

En effet.

«Alors c'est incompréhensible», dit quelqu'un.

«Attendons», proposa un gendarme. «Nous verrons.»

Ils attendirent. Sébastien riait sous cape. Il décida de reprendre son action malfaisante contre la forêt. Pendant que les gendarmes observaient les racines des arbres abattus, il se glissa entre les fougères en rampant, et s'éloigna. Puis il se redressa avec un méchant éclat de rire:

«Vous allez voir!» s'écria-t-il.

Et, avisant trois beaux chênes qui avaient poussé l'un près de l'autre, il s'en approcha en se frottant les mains. Il abattit le premier d'une poussée, se retourna pour faire s'effondrer le second d'un coup de pied comme au karaté, et acheva la besogne en jetant le troisième par terre d'un bon coup d'épaule. Ce fut un vacarme fantastique. Les trois arbres tombèrent presque en même temps, provoquant une grande fuite d'oiseaux qui avaient élu domicile dans les frais feuillages.

Puis Sébastien se sauva avant l'arrivée des badauds. Les gendarmes observèrent les trois arbres. Ils scrutaient les racines, comme s'ils pensaient que quelqu'un aurait pu les avoir sciées. Un des gendarmes se releva:

«On va faire fermer la forêt», annonça-t-il. «Ce sera plus prudent.»

Tout le monde s'en alla rapidement. Le bruit des conversations apeurées décrut. Bientôt, on n'entendit plus rien, que les oiseaux des environs qui gazouillaient. Des tourterelles étaient dans un chêne près de la cachette de Sébastien.

«Sauvez-vous, les oiseaux!» dit Sébastien d'un air méchant. «Il va y avoir du grabuge!»

Il poussa l'arbre et le jeta par terre. Cette fois, personne ne vint, puisque la forêt était évacuée. Alors, en s'amusant, Sébastien entreprit de faire tomber tous les arbres qui l'entouraient. Il en abattit une vingtaine. Soudain, il s'arrêta: une tourterelle voletait au-dessus du tas de branches entremêlées. Sous les branches, à terre, le nid était tombé, et un oisillon tout nu gisait dans l'herbe. Il grelottait. Il ouvrait tout grand un pauvre petit bec, mais ses yeux restaient fermés. Sébastien comprit que la mère tourterelle ne pouvait s'approcher de son petit à cause de l'enchevêtrement des branches. Il se glissa donc entre celles-ci, recueillit l'oiselet dans ses mains, et le déposa hors des feuillages, sur le sol moussu.

« Tiens ! » dit-il à la mère tourterelle qui s'était éloignée. « Tu peux revenir chercher ton petit ! »

Mais la tourterelle ne revenait pas. Elle s'était envolée et perchée dans un arbre à trente pas.

« Reviens ! Reviens ! » l'appela Sébastien.

La tourterelle, pour toute réponse, s'envola et disparut.

« Reviens ! Reviens donc ! » lui cria Sébastien en prenant le petit oiseau tout nu pour le lui présenter. « Viens chercher ton petit ! »

La tourterelle ne revenait pas. Soudain, Sébastien sursauta. Une voix venait de lui parler, doucement : « Elle ne reviendra pas. »

Il se retourna. C'était son père, qui le cherchait et l'avait enfin retrouvé. Depuis quand était-il là ? L'avait-il vu abattre les arbres ? Sébastien lui montra l'oisillon :

« Sa mère ne va pas l'abandonner ? » demanda-t-il.

« Si », dit le père. « Il est tombé du nid. »

Sébastien était bouleversé: «Elle ne va pas le laisser mourir tout de même!»

«Si.»

«Je ne veux pas!» s'écria Sébastien. «Je ne veux pas!»

Puis il réfléchit, et demanda: «Est-ce que je peux l'emporter à la maison?»

«C'est inutile», dit le père. «Tu ne remplacerais pas sa mère. L'oisillon va mourir.»

«Non! Non!»

Sébastien se mit à pleurer. Son père lui passa affectueusement le bras autour des épaules:

«Il n'a pas de chance, ton oisillon», lui dit-il. «Il n'a pas de grand frère pour le protéger, lui...»

Sébastien crut comprendre ce que son père voulait dire.

«Je peux emporter l'oiseau?» demanda-t-il. «Je le mettrai au chaud. Je lui donnerai du lait et des vers de terre...»

«Essaie toujours», dit le père.

Ils s'en allèrent.

«Tu sais», dit Sébastien en marchant, «c'est moi qui faisais tomber les arbres.»

«Je sais», dit son père. «Je t'ai vu faire.»

«C'était parce que je ne veux pas du petit frère!»

«Je sais», dit le père.

Ils marchèrent encore tranquillement dans l'allée.

«Quand il naîtra», dit le père, «ton petit frère

sera comme ton oisillon. Tout nu. Tout petit. Incapable de se défendre.»

«Moi je le défendrai!» s'écria Sébastien.

«Je sais», dit le père.

La mère accourait justement au-devant d'eux, très effrayée. Elle attira Sébastien contre elle et le serra très fort:

«J'ai eu si peur!» s'écria-t-elle. «On dit que c'est un tremblement de terre!»

Sébastien regarda son père: allait-il le trahir? Mais non.

«Un tremblement de terre!» dit-il. «Voilà qui explique tout!»

Ils repartirent tous les trois. Sébastien soigna l'oisillon, et parvint à le sauver. Il eut non pas un frère, mais une gentille petite sœur, toute petite, toute fragile, et il la protégea, et il l'aima beaucoup et de toutes ses forces. (Et d'ailleurs, sa petite sœur l'aima tout autant!)

Il ne renversa plus jamais d'arbres, d'abord parce qu'il n'était plus jaloux ni en colère, et puis parce qu'il avait appris à les trouver beaux. Simplement, de temps en temps, pour ne pas perdre la main, il s'exerçait à faire tomber des arbres morts. (Et même, une fois, un vieux poteau en bois qu'il avait pris pour un sapin; mais il ne faut pas le répéter, car Sébastien aurait certainement des histoires avec l'E.D.F.)

L'enfant
qui dévorait les livres

Fabrice, un jour, cessa de manger. Il refusait toute nourriture, même les gâteaux et les bonbons! Sa mère, inquiète, chargeait son cartable de victuailles, pour qu'il puisse manger à l'école. Mais Fabrice n'y touchait pas. Il distribuait les biscuits à ses camarades les plus gourmands, Olivier, Clément, Edouard et Michel.

Il ne mangeait plus rien. Rien le matin, rien à midi, rien le soir. Rien! (Quelle économie!)

Le médecin ne voyait rien d'anormal à cela:

«Certes», avait-il expliqué à la mère de Fabrice, «ce manque d'appétit peut sembler étrange. Mais l'enfant se porte bien. Sans doute n'a-t-il besoin de rien.»

A l'école, c'était le même problème. La maman avait alerté Monsieur Lebois, et de temps en temps, le maître d'école interrompait la classe pour demander à Fabrice s'il n'avait pas faim. Eh bien, non. Jamais. Pas du tout.

«Il est plus sobre qu'un chameau!» s'écriait Tiphaine la futée.

A la cantine, Fabrice s'asseyait à table pour la forme, et regardait les autres boire et manger. Au début, on avait essayé de le nourrir (et même, Edouard avait suggéré qu'on se serve d'un entonnoir pour le gaver de bouillie!), puis on y avait renoncé. Maintenant, Fabrice était autorisé à lire un livre de bibliothèque pendant que les autres déjeunaient.

Un jour, alors que la classe travaillait à écrire

un paragraphe, Tiphaine s'approcha du bureau du maître, en marchant lentement, comme elle avait l'habitude de faire. Elle attendit que le maître l'interrogeât car elle était bien élevée, et surtout parce qu'elle préparait ses effets comme une excellente comédienne.

« Que se passe-t-il, Tiphaine ? » demanda le maître.

« Monsieur, c'est Fabrice... »

« Que fait-il ? »

« Il mange. »

« Bonne nouvelle ! » dit le maître. (Bien que la classe ne fût pas l'endroit idéal pour manger.) « Laisse-le faire. »

Mais Tiphaine ne regagnait pas sa place : « C'est que », continua-t-elle, « il mange du papier. »

« Quoi ? »

« Il a dévoré la moitié de son cahier de brouillon. »

« Oh ! »

Le maître se leva. Il se précipita auprès de Fabrice, qui avait encore la bouche pleine, et qui, surpris, avala de travers et se mit à tousser.

« Il faudrait lui taper dans le dos ! » dit Olivier.

Le maître tapa dans le dos de Fabrice. Celui-ci cessa de tousser. Les élèves le dévisageaient curieusement. Tiphaine renseigna la classe :

« Il mange du papier », dit-elle.

Et, fière de montrer son vocabulaire, elle ajouta : « C'est un papivore. »

Toute la classe était devenue attentive.

«Montre-moi ton cahier de brouillon?» réclama le maître.

D'un air penaud, Fabrice le sortit de son casier. Il fallut se rendre à l'évidence: le cahier avait été sérieusement entamé avec appétit. Fabrice était embarrassé:

«Ça m'a pris d'un seul coup», dit-il. «Une envie. Comme ça...»

«Tu avais donc si faim?» s'écria le maître.

Il se retourna vers la classe: «Quelqu'un aurait-il un goûter à lui donner?»

«Moi!» dit Christine.

Elle apporta une bonne tartine de pain, beurre et chocolat au lait. Un délice. Toute la classe s'en léchait les babines, et même, Clément faisait des grimaces douloureuses pour faire croire qu'il mourait de faim lui aussi, mais personne ne le croyait. Christine tendit son goûter à Fabrice.

«Eh bien, mange-le!» lui dit le maître.

Mais Fabrice refusait: «Je n'ai pas envie de manger ça.»

«Il préfère peut-être manger son livre de lecture!» dit Valérie d'un air moqueur.

Fabrice ne répondit pas. Mais on voyait bien que, sans le savoir, Valérie avait deviné la vérité. (Oh là là! Du papier!)

«Attends!» dit le maître. «Je vais te donner un gâteau à ta convenance!»

Il ouvrit le placard, et en tira un vieux livre

inutilisé et très gros. Il le déposa sur la table en soufflant dessus pour chasser la poussière: «Celui-là», dit-il, «tu peux le dévorer à ton aise!»

Et il attendit, bras croisés. Les élèves attendaient aussi, curieusement. Fabrice hésita. Il n'aimait pas tellement qu'on le regarde manger comme Louis XIV au château de Versailles. Mais il avait très faim, car il n'avait rien mangé depuis deux mois. Alors il porta le gros livre à sa bouche, et Crac! Nom de nom! D'un seul coup d'un seul, il arracha une bouchée aussi grosse qu'un œuf de poule! Ma parole!

«Pas si vite!» s'écria le maître que cette gloutonnerie inquiétait. «Veux-tu boire quelque chose?»

De la tête, car il avait la bouche pleine et savait qu'on ne parle pas dans cette circonstance, Fabrice refusa. D'ailleurs, il n'avait jamais soif. Toute la classe, attentive, le vit dévorer le vieux bouquin. Quand il eut avalé la dernière miette, les élèves applaudirent.

«Eh bien!» soupira le maître. «Si quelqu'un m'avait dit qu'un élève dévorerait un jour ce vieux livre d'histoire de France, je ne l'aurais pas cru!»

«Si ça se trouve», dit alors Simon, «il sait maintenant tout ce qui était écrit dedans!»

La classe approuva en riant.

«Ça, c'est impossible», décréta le maître.

«Il faudrait essayer!» dit Olivier. «Il faudrait lui poser des questions!»

«Mais non», refusa le maître. «Remettez-vous au travail.»

Puis, pour rire, il se retourna vers Fabrice, et lui demanda tout à coup: «Que s'est-il passé en 1515?»

«La bataille de Marignan!» répondit Fabrice aussitôt.

Du coup, il se fit un très grand silence dans la classe. «Bon», se dit le maître, «la bataille de Marignan en 1515, tout le monde en a entendu parler. Je vais lui poser des questions plus difficiles, dont il ne peut pas connaître les réponses. On verra bien!»

«Que s'est-il passé en 1715?»

«C'est l'année de la mort du roi Louis XIV, Monsieur.»

Ça alors!

«Et en 1815?»

«La bataille de Waterloo.»

Ça alors!

«Comment s'appelait la femme de Louis XIII?» (Ça, Fabrice ne pouvait pas le savoir!)

«Anne d'Autriche.»

Ça alors!

On voyait bien que le maître était tout bouleversé. Il se mit à marcher de long en large dans la classe. Il devait réfléchir ardemment car il ne se souciait même plus de ses élèves. Ceux-ci, d'ailleurs, étaient suffisamment étonnés eux-mêmes pour se tenir tranquilles, en attendant le résultat de ses cogitations. Soudain, le maître bondit au bureau, attrapa un morceau de papier, sur lequel il se mit à écrire fébrilement quelques mots. Quand il se redressa, chacun comprit, à son air satisfait, qu'il avait découvert le moyen de prouver que Fabrice était un imposteur, et qu'en réalité, il avait appris par cœur les réponses aux questions d'histoire! (Car c'était ce qu'il croyait!)

Il plia le morceau de papier mystérieux en quatre, et le tendit à Fabrice:

«Tiens!» lui dit-il. «J'ai écrit une phrase en anglais. Avale ce papier sans le regarder. On verra bien si tu es capable de me redire le message qu'il portait!»

A ce moment, le silence était devenu tellement grand dans la classe qu'on aurait pu entendre un cheveu pousser sur la tête d'un homme chauve. Fabrice prit le papier, et le porta à sa bouche sans le regarder ni l'ouvrir. Il l'avala. Il le trouva même délicieux.

«Bien», dit alors le maître, sûr de lui. «Maintenant, réponds à ma question, si tu le peux!» (Et il lui posa une question incompréhensible, en anglais.)

Mais ce fut la plus grosse surprise de la journée, car Fabrice répondit soudain... en anglais!

Ça alors! Ça alors!

Le maître était resté la bouche ouverte, les bras ballants. Il recula lentement et tomba assis sur sa chaise. Les enfants étaient aussi étonnés que lui.

Ils imaginaient déjà le parti que Fabrice pourrait tirer de son étrange pouvoir!

Dans le silence, on entendit la petite voix de Tiphaine la futée: «Il n'aura plus besoin de rien apprendre!»

«Tout de même», observa Michel, «les gâteaux, c'est meilleur que le papier!»

Tout le monde était de cet avis. (Ce qui n'empêcha pas les élèves d'essayer de manger du papier, le soir, à la maison, dans l'espoir que peut-être ils avaient aussi le don de Fabrice. Mais hélas ils ne l'avaient pas. – A part Simon, qui découvrit bizarrement qu'il pouvait consommer du bois. Mais le bois, ça ne lui servait à rien d'en manger! Ce n'était pas en dévorant des règles plates qu'il apprendrait le système métrique, puisqu'il le connaissait déjà! Alors, il y renonça. Fabrice continua de manger du papier, les autres continuèrent de manger de la soupe et du chewinggum, et tout le monde, sagement, se contenta de manger ce qu'il pouvait. Moi je préfère la mousse au chocolat.)

Et voilà! Je vous ai tout dit! Je vous ai parlé de Mathieu qui marchait au fond des eaux, d'Aurélie qui ouvrait les portes, de Fabrice qui dévorait les livres, de Nathanaël qui changeait tout le monde en bêtes, de Julie qui était partout à la fois, d'Agathe qui se promenait sous la terre, de Cédric qui volait, de François qui parlait à son chien, de

Sébastien qui renversait les arbres. Je vous ai parlé de leurs camarades de classe, de leur maître, de la vieille dame aux pigeons de la rue Marcel Aymé.

J'aurais pu encore vous parler de l'enfant qui soufflait plus fort que le vent, de l'enfant qui faisait tout à l'envers, de l'enfant qui jouait avec le feu, de l'enfant qui était invisible, de l'enfant qui marchait sur l'eau, de l'enfant qui avait des lunettes à musique, de l'enfant qui pétrissait les pierres, de l'enfant qui courait très vite, de l'enfant qui confondait les mots, de l'enfant qui criait plus fort que le tonnerre, etc., etc.

Ce sera pour une autre fois...

Du même auteur :
L'effrayant périple du Grand-Espion (100 dessins) (éd. Pierre Belfond)
Hérésie de Carolus Boörst (roman) (éd. Belfond)
Les Demoiselles d'A. (roman-citations) (éd. Belfond)
(Prix de l'Anti-Conformisme 1979)

Les aventures du général Francoquin (roman) (éd. Gallimard)
Le franchissement du Rubicon (pièce radio) (ORTF)
Le Condottiere (roman) (éd. Belfond)
(Prix de l'Humour Noir 1971)

L'éducation gentiment sale (roman) (sous un pseudonyme)

Intrigues de Cour (roman-B.D.) (éd. Deleatur)

Collectivement :
Lovecraft (essai) (éd. L'Herne)
« 40 nouvelles » (éd. Le Monde Dimanche)
Histoires de toutes les couleurs (éd. l'école des loisirs)

Nouvelles dans :
*Planète, Le Monde Dimanche, Tartalacrème, Les Nouvelles Littéraires,
L'Ingénu, L'Echo Républicain, Arts, Deleatur*

Textes critiques dans :
Arts, Cahiers de la Peinture, Magazine Littéraire, Tartalacrème, Faix

Port-folio de dessins (éd. Deleatur)

A paraître :
Le tueur dans la maison (roman) (éd. Veyrier)

*Pour le même âge,
par Yak Rivais
à « l'école des loisirs » :*

Impossible !
Pas de panique !
Saperlipopette !
Et voilà le travail !
Quelle affaire !
Allons bon !
Mille sabords !
Le métro mé-pas-tro
Les sorcières sont N.R.V.
Les contes du miroir
Formidiable !